이은경쌤의 **초등 글쓰기 완성** 시리즈

구분	1학년	2학년	3학년	4학년	5학년	6학년	중1
글쓰기 습관		Best! 세줄쓰기 초등 글쓰기의 시작					
	전래동화 바꿔쓰기						
			주제 일기쓰기				
독서 습관	기본 책읽고쓰기						
			심화 책읽고쓰기				
글쓰기 심화	표현글쓰기						
			자유글쓰기				
					생각글쓰기		
논술 대비	왜냐하면 글쓰기						
			기본 교과서논술				
			논술 쓰기				
					심화 교과서논술		
평가 대비			기본 주제 요약하기				
					심화 주제 요약하기		
					수행평가 글쓰기		
영어 글쓰기	영어 한줄쓰기						
			영어 세줄쓰기*				
					영어 일기쓰기*		

별표(*) 표시한 도서는 출간 예정입니다.

이은경쌤의 초등 글쓰기 완성 시리즈 교재 선택 가이드

- 앞장의 가이드맵을 보면서 권장 학년에 맞추거나 목적에 따라 선택하세요.
- 〈책읽고쓰기〉〈교과서논술〉〈주제 요약하기〉처럼 기본편과 심화편으로 구성된 경우에는 기본편과 심화편을 둘 다 해도 되고, 권장 학년에 맞추어 둘 중 하나만 골라서 해도 돼요.

몇 학년이든 모든 글쓰기는 〈세줄쓰기〉로 시작해요

글쓰기 습관이 필요하다면?

〈전래동화 바꿔쓰기〉

〈주제 일기쓰기〉

+

독서 습관이 필요하다면?

〈 기본 책읽고쓰기〉

〈 심화 책읽고쓰기〉

글쓰기 습관과 독서 습관을 모두 갖추었다면?

〈표현글쓰기〉〈왜냐하면 글쓰기〉〈자유글쓰기〉〈생각글쓰기〉

이제 논술과 수행평가를 대비할 차례! 무엇부터 해야 할까요?

논술을 대비하고 싶다면?

〈 기본 교과서논술〉

〈 심화 교과서논술〉

〈논술 쓰기〉

+

수행평가를 대비하고 싶다면?

〈 기본 주제 요약하기〉

〈 심화 주제 요약하기〉

〈수행평가 글쓰기〉

영어도 대비하고 싶다면?   〈영어 한줄쓰기〉〈영어 세줄쓰기〉* 〈영어 일기쓰기〉*

별표(*) 표시한 도서는 출간 예정입니다.

이은경쌤의
초등 글쓰기 완성 시리즈

심화 5-중1학년 권장

주제 요약하기

비문학 글에서 **주제**를 찾으며 **문해력**을 높여요

이은경쌤의 초등 글쓰기 완성 시리즈

주제 요약하기

심화

1판 1쇄 펴냄 | 2025년 1월 10일

지은이 | 이은경
발행인 | 김병준 · 고세규
편 집 | 박은아 · 김리라
마케팅 | 김유정 · 차현지 · 최은규
디자인 | 백소연
본문 일러스트 | 이가영
발행처 | 상상아카데미

등 록 | 2010. 3. 11. 제313-2010-77호
주 소 | 서울시 마포구 독막로 6길 11(합정동), 우대빌딩 2, 3층
전 화 | 02-6953-8343(편집), 02-6953-4188(영업)
팩 스 | 02-6925-4182
전자우편 | main@sangsangaca.com
홈페이지 | http://sangsangaca.com

ISBN 979-11-93379-46-2 (73800)

이은경쌤의
초등 글쓰기 완성 시리즈

심화 5-중1학년 권장

주제 요약하기

비문학 글에서 **주제**를 찾으며 **문해력**을 높여요

이은경 지음

상상아카데미

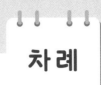

차 례

주제 요약하기를 시작하며

안녕하세요, 작가님!

이렇게 만나서 정말 반가워요.

저는 오늘부터 여러분과 함께 글쓰기를 시작할

'이은경 작가'라고 해요.

글쓰기를 하는 동안

저를 '옥수수 작가님'이라고 불러 주세요.

왜냐하면 저는 여름에 나는 쫄깃쫄깃 찰옥수수를 좋아하고,

옥수수처럼 하얗고 가지런한 이를 가졌고,

글을 쓸 때는 주로 옥수수를 쪄 먹기 때문이에요.

궁금해요!

이곳에 찾아온 우리 작가님은 어떤 분인가요?

개구리 작가님? 수박 작가님? 귀신의 집 작가님?

작가님에 관한 멋진 소개를 부탁해도 될까요?

여러분, 안녕하세요!

오늘부터 글쓰기를 시작할 저는 ＿＿＿＿＿＿＿＿ 작가입니다.

＿＿＿＿＿＿＿＿ 작가라는 이 멋진 이름은

제가 ＿＿＿＿＿＿＿＿ 때문에 이렇게 지었어요.

사실 제 원래 이름은 ＿＿＿＿＿＿ 인데요,

저는 ＿＿＿＿＿＿ 를 할 때 행복하고,

＿＿＿＿＿＿ 를 할 때 자신감이 솟는 멋진 학생이랍니다.

역시! 멋진 소개 감사해요, 작가님.

작가님과 함께 글 쓸 생각에 설레는 마음을 가득 담아

글 잘 쓰는 비법을 살짝 공개하겠습니다, 고고!

글 잘 쓰는 비법, 궁금하지요?

옥수수 작가의 글쓰기 비법을 공개하는 시간!

글쓰기를 시작하려 하나요?

이왕 글을 쓰기로 마음먹었다면 분명 글을 잘 쓰고 싶을 거예요.

그렇다면 그 전에 먼저 중요한 한 가지를 생각해 봐요.

도대체 글을 잘 쓰면 뭐가 좋을까요?

사실, 우리의 장래 희망이 모두 작가가 아닌데도

글을 잘 쓰면 어떤 좋은 점이 있을까요?

매일 하는 공부만으로도 힘든데 왜 우리가 글까지 잘 써야 할까요?

그런데 여러분, 이 옥수수 작가가 확실하게 장담할 수 있는 사실이 있어요.

꾸준히 글을 쓰는 것만으로도 조금씩 더 똑똑해지고,

생각이 점점 깊어지고, 발표할 때 자신감이 넘치고,

시험 점수가 올라가기도 하며, 친구들이 부러워할 거예요.

또 나만의 생각을 글로 표현하는 일이 훨씬 쉬워지고,

어떤 수업이든 내용을 차근차근히 이해하는 것이 어렵지 않을 거예요.

이게 바로 글쓰기만의 마법이고 매력이랍니다.

그래서 여러분의 꾸준한 글쓰기를 응원하는 거예요.

글을 잘 쓰고 싶은 우리 작가님을 위한
'글 잘 쓰는 비법 세 가지'를 지금부터 공개할게요!

첫째, 꾸준히 써요.

매일 쓰지 않아도 괜찮아요. 일주일에 하루를 정해 놓고 매주 딱 한 편씩만 글을 써 보세요. 조금만 써도 되고, 재미없게 써도 되고, 글씨가 삐뚤빼뚤해도 괜찮아요. 매주 한 편씩 꾸준히 쓰는 약속을 앞으로 1년 동안 지켜 나간다면 말이죠!

둘째, 꾸준히 읽어요.

잘 쓰고 싶다면, 많이 읽어야 해요. 글쓰기 실력은 얼마만큼 읽었느냐에 따라 결정되거든요. 글쓰기를 일주일에 하루만 하더라도, 책 읽기는 하루도 빠짐없이 하기를 추천합니다! 꾸준한 독서로 문해력과 사고력을 쌓은 실력자가 되어 봐요.

셋째, 글을 자랑해요.

우리 작가님의 글을 가족과 친구, 선생님에게 열심히 자랑해 보세요. 쑥스럽다고요? 처음에는 당연히 그래요. 하지만 오늘 작가님이 쓴 글은 세상 어디에도 없고, 누구도 절대 쓸 수 없는 멋지고 유일한 작품이라는 사실을 잊지 마세요.

주제 요약하기, 어떻게 하는 건가요?

긴 글이나 이야기에서 핵심만 간단히 정리하는 것이

바로 '주제 요약하기'랍니다.

중요한 부분을 남기고 불필요한 부분을 빼는 것,

무척 새로운 경험이 되겠지요?

'주제 요약하기'만의 비법을 공개하겠습니다.

만약 여러분이 영화의 내용을 친구에게 이야기해 준다면,

모든 장면을 다 설명할 필요는 없어요.

중요한 장면과 줄거리만 간단히 정리해서 말하면 되는 거지요.

그러면 친구도 어떤 영화인지 쉽게 이해할 수 있을 거예요.

우리는 매일 많은 정보를 접하면서

그 가운데 중요한 것만 기억하려고 노력해요.

요약은 바로 그런 노력의 결과랍니다.

'주제 요약하기'는 어떻게 하면 좋을까요?
옥수수 작가의 비법을 전격 공개합니다!

첫째, 중요한 부분을 찾아요.

긴 글이나 이야기를 요약할 때는 가장 중요한 내용이 무엇인지 찾는 것이 중요해요. 모든 부분을 다 담을 필요는 없고, 핵심만 골라 쓰는 연습이 요약의 시작이랍니다. 다른 사람들이 쉽게 이해할 수 있는 중요한 포인트를 찾아내 보세요!

둘째, 간결하게 표현해요.

요약할 때는 불필요한 내용을 줄이고 간단하게 표현하는 것이 중요해요. 긴 문장을 짧고 간결하게 바꿔 보세요. 그렇게 하면 듣는 사람이나 읽는 사람이 더 쉽게 이해할 수 있어요. 핵심만 남기고 불필요한 부분을 과감히 빼는 연습을 해 보세요!

셋째, 이야기하듯 요약해요.

요약은 글로만 하는 것이 아니라 말로도 할 수 있어요. 중요한 내용을 친구에게 설명하듯 이야기해 보는 것도 좋아요. 말로 먼저 요약하고, 나중에 글로 옮겨 보는 것도 도움이 되지요. 요약하는 방식은 다양하니, 자신에게 편한 방법으로 시도해 보세요!

주제 요약하기, 왜 하는 건가요?

하는 방법은 잘 알겠는데, 이쯤에서 궁금증이 생겨요.
'주제 요약하기'를 하면 도대체 뭐가 좋은 건가요?

　긴 내용을 간단히 정리하는 '주제 요약하기'는 그 자체로 '핵심을 파악하는 법'을 연습하는 훌륭한 과정이랍니다. 지금까지는 책이나 글을 읽을 때 그저 내용을 이해하는 데 그쳤을 거예요. 하지만 '주제 요약하기'를 연습하면 어떤 내용이 중요한지, 핵심을 잘 파악하고 전달하는 능력을 키울 수 있습니다.

　중요한 부분만 골라 쓰고, 그 내용을 간결하게 정리하는 요약의 과정은 몇 년 뒤 복잡한 글도 쉽게 이해하고 핵심을 전달할 수 있는 '논술'의 기초가 될 거예요.

'주제 요약하기'의 엄청난 효과를 소개합니다.

첫째, 핵심을 파악하는 능력이 생겨요.

긴 글 속에서 가장 중요한 부분을 찾아내는 것은 어려운 일이에요. 하지만 주제 요약하기를 통해 우리는 핵심을 파악하는 연습을 하며 더 중요한 정보를 빠르게 파악할 수 있답니다. 이런 능력은 공부나 일에서 큰 도움이 될 거예요.

둘째, 불필요한 것을 거를 수 있어요.

우리는 날마다 수많은 정보를 접해요. 그중에서 어떤 정보가 중요한지, 무엇이 필요 없는지 가려내는 것이 중요한데, 주제 요약하기를 연습하면 불필요한 내용을 거르고 핵심만 남길 수 있는 능력이 생겨요. 덕분에 더 간결하고 명확한 의사소통을 할 수 있을 거예요.

셋째, 논술이 쉬워져요.

논술을 잘 쓰고 싶다면 우선 긴 글의 핵심 내용을 간단히 정리하는 연습이 필요해요. 주제 요약하기는 긴 글을 읽고 중요한 부분을 찾아내며 논술을 준비하는 훈련이에요. 요약을 잘하는 사람은 논리적으로 생각하며 자신만의 관점으로 글을 써 내는 데 유리하답니다.

이 책의 활용법

법, 우리 모두를 위한 약속

[1문단] 법은 모든 사람이 지켜야 하는 사회의 약속이에요. 법이 꼭 필요한 이유는 사회 질서와 공평한 사회를 위해 만든 규칙이기 때문이에요. 예를 들어 교통 법규는 사람이나 차가 오갈 때 지켜야 하는 규칙으로 빨간불에는 멈추고, 파란불에는 건너도 된다는 약속이지요. 이 교통 법규 덕분에 모두가 안전하게 길을 건널 수 있습니다.

[2문단] 학교에서 규칙을 따르듯이 생활 속에서 법을 지키는 것은 정말 중요해요. 법이 없다면 마치 길거리에서 아무 규칙 없이 차들이 달리는 것과 같을 거예요. 신호등이 없고, 차들이 자유롭게 다니면 사고가 날 위험이 커지겠지요? 법은 이런 혼란을 막고, 모두가 안전하게 지낼 수 있도록 도와줍니다.

[3문단] 법을 어기면 처벌을 받아요. 법을 지키지 않으면 사회에 혼란이 생기고, 다른 사람들의 안전과 권리가 위협받을 수 있기 때문이에요. 처벌은 그런 잘못된 행동을 막고, 법을 지키도록 만드는 역할을 합니다. 만약 법을 어겨도 처벌이 없다면 사람들은 왜 법을 지켜야 하는지 의문을 가질 수 있어요. 법이 있기 때문에 우리는 공평한 세상에서 안전하게 살아갈 수 있습니다.

미션 1 이 글의 핵심 단어를 골라 보세요. 　　　　　　　　　 법

미션 2 위 3개의 문단을 각각 한 문장으로 요약해 문단 아래에 적어 보세요.

1 문단 법은 사회 질서와 공평한 사회를 위해 지켜야 하는 규칙이에요.

2 문단 법은 생활 속에서 혼란을 막고, 안전하게 지낼 수 있도록 도와줘요.

3 문단 법을 어기면 처벌을 받으며, 처벌은 잘못된 행동을 막고 법을 지키도록 만들어요.

미션 3 핵심 단어를 포함하여 글 전체를 한 문장으로 요약해 보세요.

사람들이 평화롭고 안전하게 지내기 위해 법을 지켜야 해요.

주제 이 글은 여러분이 매일 학교에서 공부할 때 활용하는 교과서에서 출발했어요. 이 책에 담은 글은 여러 과목을 배우는 과정에서 반드시 알아야 할 핵심 개념만 쏙쏙 골라 유익한 이야기로 꾸렸습니다. 교과서 내용이 딱딱하고 어렵게 느껴진다면 이 글을 읽으면서 교과서 속 개념에 대해 천천히, 즐겁게 알아보세요.

미션 1 이 글에는 가장 핵심이 되는 한 단어가 있어요. 핵심 단어를 쉽고 빠르게 찾는 요령을 알려 줄까요? 핵심 단어는 제목에 포함된 경우가 많고요. 지문 속에 가장 자주 등장하는 단어인 경우도 많아요!

미션 2 각 문단의 핵심 내용을 한 문장으로 정리하는 것은 매우 유용해요. 요약할 때는 문단의 주제를 잘 생각해 보세요. 첫 번째 문단에서는 글의 주제가 무엇인지, 두 번째 문단에서는 그 주제가 왜 중요한지를, 마지막 문단에서는 주제에 대한 결론이나 주장을 담아 보세요. 이렇게 요약하면 글의 흐름을 한눈에 파악할 수 있습니다!

미션 3 전체 글의 내용을 한 문장으로 요약하는 건 매우 중요해요. 핵심 단어가 포함된 내용을 바탕으로 전체적인 메시지를 간단하고 명확하게 정리해 보세요. 이렇게 하면 글의 요점을 빠르게 이해하는 데 도움이 됩니다!

한눈에 보는 주제 요약하기 사회

한눈에 보는 주제 요약하기 과학

요약하는 힘을 키우는
주제 요약하기

100

사회 분야와 과학 분야에서
관심이 생기는 한 가지 주제를 골라
내용을 요약하고 핵심을 간결하게 정리해 보세요.
'대충'이 아닌 '명확한 핵심'을 찾아내는 경험은
여러분의 사고력을 키우고,
논리적인 글쓰기의 기초가 되어 줄 거예요!

자, 오늘은 어떤 글을 요약해 볼까요?

사회

사회

사회는 공통된 문화와 제도, 종교, 가치 등을 함께하는 사람들이 모인 집단이에요. 사회를 움직이는 원리에는 다양한 것들이 있어요. 우리는 법, 정치, 경제, 인권, 제도에 대해 살펴볼 거예요.

문화

문화는 한 사회의 사람들이 공유하는 가치, 신념, 관습, 예술 등을 통틀어 일컫는 말이에요. 사람들의 생활 방식과 사고 방식을 형성하며, 사회의 정체성과 다양성을 반영합니다. 우리는 전통, 가족, 예술, 언어, 문학, 종교, 문화 교류를 살펴볼 거예요.

지리

지리는 지구상의 다양한 장소와 그 특징을 연구하는 학문이에요. 사람들이 어떻게 생활하고, 자원을 어떻게 활용하며, 서로 어떻게 연결되는지를 이해하는 데 도움을 줘요. 우리는 지형, 기후, 자원, 환경을 살펴볼 거예요.

역사

역사는 과거의 사건과 그에 따른 변화를 연구하는 학문이에요. 우리에게 과거를 교훈 삼아 현재와 미래를 더 잘 이해하도록 도와줘요. 우리는 인물, 문화유산, 외교, 전쟁을 통해 인류의 발전과 사회의 변화를 알아볼 거예요.

윤리

윤리는 인간의 행동이나 규범에 관하여 연구하는 학문이에요. 도덕적 문제를 해결하고, 사람들의 행동을 긍정정인 방향으로 이끄는 역할을 하지요. 우리는 자유, 책임, 정의, 도덕을 살펴볼 거예요.

법, 우리 모두를 위한 약속

[1문단] 법은 모든 사람이 지켜야 하는 사회의 약속이에요. 법이 꼭 필요한 이유는 사회 질서와 공평한 사회를 위해 만든 규칙이기 때문이에요. 예를 들어 교통 법규는 사람이나 차가 오갈 때 지켜야 하는 규칙으로 빨간불에는 멈추고, 파란불에는 건너도 된다는 약속이지요. 이 교통 법규 덕분에 모두가 안전하게 길을 건널 수 있습니다.

[2문단] 학교에서 규칙을 따르듯이 생활 속에서 법을 지키는 것은 정말 중요해요. 법이 없다면 마치 길거리에서 아무 규칙 없이 차들이 달리는 것과 같을 거예요. 신호등이 없고, 차들이 자유롭게 다니면 사고가 날 위험이 커지겠지요? 법은 이런 혼란을 막고, 모두가 안전하게 지낼 수 있도록 도와줍니다.

[3문단] 법을 어기면 처벌을 받아요. 법을 지키지 않으면 사회에 혼란이 생기고, 다른 사람들의 안전과 권리가 위협받을 수 있기 때문이에요. 처벌은 그런 잘못된 행동을 막고, 법을 지키도록 만드는 역할을 합니다. 만약 법을 어겨도 처벌이 없다면 사람들은 왜 법을 지켜야 하는지 의문을 가질 수 있어요. 법이 있기 때문에 우리는 공평한 세상에서 안전하게 살아갈 수 있습니다.

미션 1 이 글의 핵심 단어를 골라 보세요.

미션 2 위 3개의 문단을 각각 한 문장으로 요약해 아래에 적어 보세요.

1문단

2문단

3문단

미션 3 핵심 단어를 포함하여 글 전체를 한 문장으로 요약해 보세요.

악법도 지켜야 할까?

[1문단] 악법이란 불공평하거나 해로운 법으로, 개인의 권리를 보호하지 못하거나 사람들을 불공정하게 대하는 법을 뜻해요. 예를 들어 과거 미국의 흑인들은 대중교통을 이용할 때 지정된 구역만 사용하도록 제한하는 법이 있었어요. 지금 보면 정말 불공평한 법이었지요.

[2문단] 악법이 존재할 때 우리는 어떻게 해야 할까요? 악법은 사회를 혼란하게 만들고, 사람들을 불행하게 만들 수 있기 때문에 악법을 바꾸려 노력해야 합니다. 예전에는 많은 사람이 이런 불공평한 법을 바꾸기 위해 힘을 모았어요. 미국의 흑인 버스 좌석 분리 정책은 흑인 시민들의 비폭력 시위를 통해 사라졌습니다. 이처럼 법이 모두에게 공평하지 않을 때, 그것을 바꾸려고 노력하는 것이 중요합니다.

[3문단] 법이 항상 옳은 것은 아니며, 시대에 맞지 않거나 불공정한 법도 존재해요. 이런 경우에는 그 법이 누군가에게 해를 끼치지 않는지, 모두에게 공평하게 적용되는지 생각해 봐야 합니다. 법이 불공정하거나 부당하다면, 그 법을 개선하려는 노력이 필요해요. 부당한 악법을 바로잡으려고 노력할 때, 사회는 더 공정하고 나은 방향으로 나아갈 수 있습니다.

미션 1 이 글의 핵심 단어를 골라 보세요.

미션 2 위 3개의 문단을 각각 한 문장으로 요약해 아래에 적어 보세요.

1문단

2문단

3문단

미션 3 핵심 단어를 포함하여 글 전체를 한 문장으로 요약해 보세요.

대통령 선거가 중요한 이유

[1문단] 대통령 선거는 국가의 최고 지도자인 대통령을 선출하는 과정이에요. 우리나라는 5년마다 한 번씩 대통령 선거를 합니다. 선거는 직접 선거로 이루어지며 국민들은 지정된 선거일에 자신이 지지하는 후보에게 투표하여 대통령을 선택해요. 만약 대통령 선거를 하지 않는다면 한 사람이 계속해서 나라를 통치할 수도 있습니다.

[2문단] 대통령이 되기 위해 많은 후보들이 경쟁합니다. 후보들은 국민들에게 자신이 왜 대통령이 되어야 하는지, 어떤 나라를 만들고 싶은지 알립니다. 이를 '선거 운동'이라고 해요. 예를 들어 어떤 후보는 경제를 발전시키겠다고 약속하고, 또 다른 후보는 복지 제도를 확대하는 데 더 힘쓰겠다고 이야기합니다. 후보들의 공약을 보고 국민들은 자신의 가치관에 따라 투표해요.

[3문단] 대통령 선거는 국민들이 직접 국가를 대표할 사람을 뽑는 민주주의의 중요한 과정이에요. 대통령은 국가의 방향과 국민들의 삶에 큰 영향을 미치며, 공약을 잘 지켜서 나라를 더 살기 좋은 곳으로 만들기 위해 일해야 해요. 국민은 선거에 참여함으로써 자신이 살고 싶은 나라의 모습으로 사회의 변화를 이끌어 갈 수 있는 힘을 가집니다.

미션 1 이 글의 핵심 단어를 골라 보세요.

미션 2 위 3개의 문단을 각각 한 문장으로 요약해 아래에 적어 보세요.

1문단

2문단

3문단

미션 3 핵심 단어를 포함하여 글 전체를 한 문장으로 요약해 보세요.

사회를 바꾸는 시민 단체

[1문단] 시민 단체란 사회를 더 좋은 곳으로 만들기 위해 자발적으로 모인 사람들로 구성된 비정부 조직이에요. 시민 단체는 주로 사회 문제를 해결하거나 개선하려는 목적을 가지고 활동합니다. 대부분의 시민 단체는 이윤을 추구하지 않으며, 주로 회원들의 기부나 참여로 운영됩니다. 그 목적은 사회적 가치를 실현하거나 시민들의 권리를 증진시키는 것이지요.

[2문단] 시민 단체는 사회에 필요한 변화를 위해 다양한 활동을 합니다. 환경 보호, 동물 구조, 빈곤 퇴치 등 다양한 사회적 가치를 실현하기 위해 목소리를 내지요. 또한 시민 단체는 특정한 이익 집단에 의존하지 않고, 정부나 기업이 해결하지 못한 문제들을 해결하려고 노력해요. 이를 통해 공정하고 객관적인 입장에서 사회 문제를 다룰 수 있습니다.

[3문단] 시민 단체 활동은 학생도 참여할 수 있습니다. 혼자서는 어려울 수 있지만, 여러 사람이 함께 모이면 더 큰 일을 할 수 있지요. 환경 보호, 학교 내 인권 캠페인과 같은 활동을 하는 것 또한 시민 단체 활동입니다. 이러한 활동을 통해 우리는 사회적 책임감과 협동심을 배우고 사회를 더 나은 방향으로 변화시키는 데 기여할 수 있습니다.

미션 **1** 이 글의 핵심 단어를 골라 보세요.

미션 **2** 위 3개의 문단을 각각 한 문장으로 요약해 아래에 적어 보세요.

1문단

2문단

3문단

미션 **3** 핵심 단어를 포함하여 글 전체를 한 문장으로 요약해 보세요.

돌고 도는 돈의 비밀

[1문단] 여러분은 용돈을 받으면 그 돈을 어디에 쓰나요? 맛있는 음식을 사 먹거나 장난감을 사는 데 쓸 수 있겠지요? 이렇게 여러분이 돈을 사용하는 것도 '경제'의 한 부분이에요. 경제란 사람들이 돈을 벌고, 사용하는 모든 과정을 말해요. 경제에서 중요한 것은 바로 돈이 계속해서 돌고 돌 수 있도록 하는 거예요.

[2문단] 경제는 크게 생산, 분배, 소비 세 가지로 나눌 수 있어요. 예를 들어 공장에서 장난감을 만드는 것을 생산이라고 해요. 그 이후에 가게에서 장난감을 판매하는 것을 분배라고 하지요. 마지막으로 우리가 가게에서 장난감을 사는 것은 소비입니다. 이렇게 생산, 분배, 소비가 잘 이루어져야 돈이 순환하면서 경제가 활발하게 돌아갑니다.

[3문단] 만약 사람들이 돈을 쓰지 않고 모아 두기만 하면 어떻게 될까요? 사람들이 물건을 사지 않으면 가게는 물건을 팔 수 없고, 회사는 일자리를 만들기 어려워지면서 경제는 점점 더 나빠질 거예요. 따라서 경제가 건강하게 돌아가려면 사람들이 적절히 돈을 써야 해요. 경제가 잘 돌아가야 우리 사회도 더 활기차게 움직이고, 모두가 행복해질 수 있습니다.

미션 1 이 글의 핵심 단어를 골라 보세요.

미션 2 위 3개의 문단을 각각 한 문장으로 요약해 아래에 적어 보세요.

1문단

2문단

3문단

미션 3 핵심 단어를 포함하여 글 전체를 한 문장으로 요약해 보세요.

물가 상승이 경제에 미치는 영향

[1문단] 요즘 뉴스에서 '물가 상승'이라는 말을 많이 들어봤을 거예요. 물가 상승이란 물건이나 서비스의 가격이 전반적으로 오르는 현상을 말해요. 우리가 사는 물건들의 가격이 점점 비싸진다는 뜻이에요. 예를 들어 며칠 전 빵 한 개의 가격이 1,000원이었는데 어느 날 갑자기 1,500원으로 비싸졌다면 물가 상승이 일어난 거예요.

[2문단] 물가가 오르면 사람들은 물건을 사는 것을 주저할 수밖에 없어요. 만약 물건값이 계속 오르면, 돈을 더 많이 벌지 않는 이상 필요한 것들을 다 살 수 없기 때문이에요. 물가 상승이 계속되면 돈의 가치가 떨어져서 같은 액수의 돈으로 살 수 있는 물건이나 서비스의 양이 줄어듭니다. 그래서 물가 상승은 경제 전반에 큰 영향을 미쳐요.

[3문단] 물가가 상승하면 경제가 어려워질 수 있어요. 사람들이 물건을 사는 것을 주저하면 가게나 회사는 판매량이 줄어들어 수익이 감소하고, 기업들은 일자리와 생산량을 줄여 경제가 활기를 잃을 수 있어요. 정부는 물가 상승을 막고 경제를 안정시키기 위해 다양한 노력을 해요. 물가가 안정되어야 사람들이 돈을 쓰고, 경제가 활발하게 돌아갈 수 있기 때문이에요.

미션 1 이 글의 핵심 단어를 골라 보세요.

미션 2 위 3개의 문단을 각각 한 문장으로 요약해 아래에 적어 보세요.

  1문단

  2문단

  3문단

미션 3 핵심 단어를 포함하여 글 전체를 한 문장으로 요약해 보세요.

장애인 인권의 중요성

[1문단] '장애인 인권'이란 장애를 가진 사람들이 차별 없이 인간답게 살 권리를 말합니다. 장애인도 다른 사람들과 동등하게 학교를 다니거나 직장에서 일할 수 있어야 하고, 공공장소에 수월하게 접근할 수 있어야 해요. 또한 자신의 의견을 당당하게 표현하며, 자유롭게 이동할 수 있어야 합니다. 하지만 많은 장애인이 일상생활에서 여러 가지 어려움을 겪습니다.

[2문단] 장애인은 교육, 취업, 의료 등 다양한 분야에서 평등하게 접근할 수 있어야 해요. 예를 들어 이동이 어려운 장애인을 위해 역마다 엘리베이터를 설치하거나 휠체어가 다닐 수 있는 넓은 통로를 갖추어야 하고, 시각 장애인을 위한 점자나 음성 안내 시스템을 마련하려는 노력이 필요하지요. 그러나 아직도 많은 장애인들이 차별과 불이익을 겪습니다.

[3문단] 장애인 인권을 지키기 위해서는 무엇보다 장애인에 대한 이해와 인식 개선이 필요해요. 장애인들이 더 나은 환경에서 살 수 있도록 사회 구성원 전체의 노력과 지원이 중요합니다. 우리의 작은 실천을 통해 장애인들이 평등한 기회를 누리고, 존중받는 사회를 만들어 나갈 수 있습니다.

미션 1 이 글의 핵심 단어를 골라 보세요.

미션 2 위 3개의 문단을 각각 한 문장으로 요약해 아래에 적어 보세요.

1문단

2문단

3문단

미션 3 핵심 단어를 포함하여 글 전체를 한 문장으로 요약해 보세요.

모두가 함께 누리는 디지털 인권

[1문단] 요즘 인터넷과 스마트폰을 많이 사용하지요? 우리가 인터넷과 같은 디지털 기술을 사용할 때 가져야 하는 기본적인 권리를 '디지털 인권'이라고 해요. 이는 사람들이 온라인에서 자유롭게 정보를 얻고, 의견을 표현하며, 개인 정보를 보호받을 수 있는 권리를 포함합니다. 모든 사람은 디지털 환경을 평등하게 누릴 수 있어야 해요.

[2문단] 인터넷이 발달하며 디지털 인권이 침해되는 사례가 많아졌어요. 이름이나 주소, 주민등록번호와 같은 개인 정보가 유출되기도 하고, 악성 댓글과 같은 사이버 폭력에 시달리기도 하지요. 이런 문제를 막기 위해 최근 정부는 개인 정보 보호법을 강화하고, 디지털 시민 교육 프로그램을 통해 디지털 인권을 지킬 수 있도록 돕고 있습니다.

[3문단] 디지털 인권을 지키기 위해서 우리도 할 수 있는 일이 있어요. 디지털 공간에서 다른 사람을 차별하거나 혐오하는 말은 하지 않고, 신상이 노출될 만한 개인 정보는 함부로 올리지 않는 것이 중요해요. 우리가 함께 디지털 인권을 존중한다면 모두가 안전하고 즐겁게 디지털 기술을 사용할 수 있을 거예요.

미션 1 이 글의 핵심 단어를 골라 보세요.

미션 2 위 3개의 문단을 각각 한 문장으로 요약해 아래에 적어 보세요.

1문단

2문단

3문단

미션 3 핵심 단어를 포함하여 글 전체를 한 문장으로 요약해 보세요.

모든 국민을 위한 국민 건강 보험

[1문단] 대한민국에는 국민들의 건강을 보호하기 위한 국민 건강 보험 제도가 있어요. 건강 보험 제도는 의료비 부담을 줄이고, 국민들이 필요한 의료 서비스를 받을 수 있도록 도와주지요. 건강 보험에 가입되어 있으면 치료비를 줄일 수 있어 많은 사람이 경제적 부담을 덜 수 있어요.

[2문단] 건강 보험 제도는 사람들의 건강을 지키기 위해 매우 중요한 역할을 해요. 만약 건강 보험이 없다면 갑자기 아프거나 다쳤을 때 의료비가 부담되어 많은 사람이 필요한 치료를 제때 받지 못할 거예요. 건강 보험 제도는 모든 국민이 평등하게 의료 혜택을 받을 수 있도록 만들어졌습니다.

[3문단] 건강 보험을 통해 예방 접종과 같은 의료 서비스도 쉽게 받을 수 있어서 큰 병을 미리 예방할 수 있고, 덕분에 대한민국 국민의 건강 수준도 크게 높아졌습니다. 이처럼 건강 보험은 국민의 건강을 지키고, 모두가 적절한 의료 혜택을 받을 수 있도록 돕는 중요한 제도예요.

미션 1 이 글의 핵심 단어를 골라 보세요.

미션 2 위 3개의 문단을 각각 한 문장으로 요약해 아래에 적어 보세요.

1문단

2문단

3문단

미션 3 핵심 단어를 포함하여 글 전체를 한 문장으로 요약해 보세요.

안전한 학교를 위한 학교 폭력 예방 제도

[1문단] 대한민국의 학교 폭력 예방 제도는 학생들이 안전하게 학교생활을 할 수 있도록 학교 폭력을 방지하고, 발생한 폭력에 대해 신속하고 적절하게 대응하는 것을 목적으로 해요. 이 제도는 학교 내에서 발생할 수 있는 폭력을 막고, 친구들끼리 서로 배려하며 지낼 수 있도록 돕는 역할을 해요.

[2문단] 학교 폭력 예방 제도는 2004년에 처음 제정되었습니다. 학교에서는 정기적으로 친구들 사이에서 일어날 수 있는 갈등을 예방하는 교육을 해요. 또한 학교 폭력 사건이 발생하면 즉시 학교와 교육청이 함께 나서서 문제를 해결하고 '학교폭력대책심의위원회'를 통해 사건을 처리할 수 있어요. 이 위원회는 피해자 보호, 가해자 처벌, 예방 교육 등을 다룹니다.

[3문단] 만약 학교 폭력 예방 제도가 없었다면 학교 폭력 사건은 빈번하게 발생하고, 피해 학생은 적절한 보호와 지원을 받지 못했을 거예요. 학교 폭력에 대한 명확한 대처가 없다면 학교는 신뢰를 잃을 수도 있지요. 모든 학생이 서로 존중하고 배려하여 학교생활을 할 수 있도록 이 제도를 잘 이해하고, 학교 폭력이 없는 안전한 학교를 만드는 데 동참해야 해요.

미션 1 이 글의 핵심 단어를 골라 보세요.

미션 2 위 3개의 문단을 각각 한 문장으로 요약해 아래에 적어 보세요.

1문단

2문단

3문단

미션 3 핵심 단어를 포함하여 글 전체를 한 문장으로 요약해 보세요.

김장, 한국의 소중한 전통

[1문단] 김장은 한국의 오래된 전통 가운데 하나예요. 겨울을 맞이하기 전, 가족과 이웃이 모여 김치를 많이 담가 겨우내 먹을 수 있도록 준비하는 일을 김장이라고 해요. 김장은 단순히 음식을 만드는 것을 넘어 사람들이 함께 모여 유대감을 나누는 중요한 전통문화입니다.

[2문단] 김장의 역사는 매우 오래되었어요. 우리나라의 추운 겨울을 대비해야 했던 조상들은 김치를 대량으로 담가 두고 먹었어요. 시간이 지나면서 김장은 한 집안의 행사에서 이웃들도 함께하는 큰 행사로 발전했어요. 김장할 때는 모두가 함께 힘을 모아 음식을 만들고, 그 과정에서 즐거움과 친밀함을 느낄 수 있었습니다.

[3문단] 김장은 그 가치와 중요성을 인정받아 2013년 유네스코 인류무형문화유산으로 등재되었습니다. 김장을 통해 우리 전통문화를 보존하면서 한국 음식의 소중함도 알릴 수 있었어요. 김치는 전 세계적으로도 사랑받는 음식이 되었고, 그건 바로 김장에서 시작되었어요.

미션 1 이 글의 핵심 단어를 골라 보세요.

미션 2 위 3개의 문단을 각각 한 문장으로 요약해 아래에 적어 보세요.

1문단

2문단

3문단

미션 3 핵심 단어를 포함하여 글 전체를 한 문장으로 요약해 보세요.

우리나라 전통 한옥의 아름다움

[1문단] 한옥은 우리나라의 전통 가옥으로 자연과 조화를 이루는 구조가 특징이에요. 자연 재료인 나무, 돌, 기와 등을 사용하여 햇빛과 바람이 잘 통하도록 설계했어요. 요즘에는 한옥의 전통적인 아름다움과 실용성이 다시 주목받아, 한옥을 복원하거나 현대적인 요소를 더해 새롭게 짓는 경우도 많아졌어요.

[2문단] 한옥의 구조는 무척 특별해요. 한옥은 '마루'와 '온돌'이라는 독특한 특징을 지녔습니다. 마루는 여름에 시원하게 지낼 수 있도록 바람이 잘 통하게 만들어졌고, 온돌은 겨울에 따뜻한 바닥에서 생활할 수 있게 도와줘요. 또한 한옥의 기둥과 벽은 공간의 크기와 모양을 자유롭게 조절할 수 있어 가족 구성원에 따라 집의 구조를 다르게 만들 수 있습니다.

[3문단] 최근에는 전 세계 사람들이 한옥의 매력에 주목했어요. 한옥에서 머무르는 프로그램이 인기를 끌고, 한옥 마을을 찾아 한국의 전통문화를 체험하려는 관광객들이 발걸음이 끊이질 않지요. 이처럼 한옥은 많은 이들에게 사랑받는 자랑스러운 전통문화입니다.

미션 1 이 글의 핵심 단어를 골라 보세요.

미션 2 위 3개의 문단을 각각 한 문장으로 요약해 아래에 적어 보세요.

1문단

2문단

3문단

미션 3 핵심 단어를 포함하여 글 전체를 한 문장으로 요약해 보세요.

다양한 형태의 가족

[1문단] 요즘 대한민국에는 다양한 형태의 가족들이 늘어나고 있어요. 예전에는 대가족이 일반적이었지만 요즘은 재혼 가정, 입양 가정, 한 부모 가정, 독신 가정처럼 다양한 형태의 가족이 많아졌어요. 여성의 사회 진출 확대, 이혼과 재혼의 증가 등 사회적 상황과 가치관이 변화하면서 생긴 모습이지요.

[2문단] 가족의 형태는 저마다 다르지만, 어떤 형태의 가족이든 서로를 존중하고 지지하는 것이 중요해요. 다양한 형태의 가족이 존재하는 만큼 모든 가족 구성원들이 서로를 이해하고 존중할 때, 진정한 가족의 가치를 느낄 수 있습니다. 가족 간의 유대감은 형태에 따라 달라지지 않고, 서로를 아끼고 보살피는 마음에서 비롯되는 것이니까요.

[3문단] 최근에는 다양한 가족을 위한 프로그램과 활동들이 많아졌어요. 가족들이 함께할 수 있는 체험 활동이나, 가족 구성원 간의 소통을 돕는 활동들이 활발히 이루어지지요. 가족은 그 형태에 상관없이 서로를 사랑하는 마음으로, 더 따뜻하고 단단한 관계를 만들어 갈 수 있습니다.

미션 **1** 이 글의 핵심 단어를 골라 보세요.

미션 **2** 위 3개의 문단을 각각 한 문장으로 요약해 아래에 적어 보세요.

1문단

2문단

3문단

미션 **3** 핵심 단어를 포함하여 글 전체를 한 문장으로 요약해 보세요.

반려동물과 함께하는 행복한 시간

[1문단] 오늘날 전 세계의 많은 사람들이 반려동물과 함께 살아갑니다. 반려동물을 단순한 애완동물이 아닌 중요한 가족 구성원으로 여기지요. 특히 강아지나 고양이와 같은 반려동물은 사람과 깊은 유대감을 형성하며 사람들에게 큰 위로와 즐거움을 줍니다.

[2문단] 반려동물과 함께 살아가기 위해서는 책임감이 필요해요. 가족들은 함께 반려동물의 식사, 건강 관리, 산책 등을 분담하면서 자연스럽게 서로 돕고 협력하게 돼요. 또한 반려동물은 가족들과 따뜻한 애정을 주고받는 존재로, 가족 간의 유대감을 더 깊어지게 만들어 줘요.

[3문단] 최근에는 반려동물과 함께하는 가족 활동이 더욱 다양해졌어요. 반려동물과 함께 산책하거나 여행과 체험 활동을 즐기면서 가족 구성원들은 자연스럽게 더 많이 소통하고 협력하게 되어 관계가 더욱 돈독해지지요. 이렇게 반려동물과 함께하는 시간은 가족 모두에게 소중한 추억을 만들어 주고, 가족 간의 결속력을 높이는 데 큰 도움이 됩니다.

미션 **1** 이 글의 핵심 단어를 골라 보세요.

미션 **2** 위 3개의 문단을 각각 한 문장으로 요약해 아래에 적어 보세요.

1문단

2문단

3문단

미션 **3** 핵심 단어를 포함하여 글 전체를 한 문장으로 요약해 보세요.

세상을 움직이는 예술의 힘

[1문단] 1937년 스페인 화가인 피카소의 그림 〈게르니카〉가 전 세계에 큰 충격을 주었어요. 이 작품은 스페인 내전 중 독일군이 게르니카라는 작은 마을을 폭격한 사건을 담았지요. 거대한 그림 속에는 폭격으로 고통받는 사람들과 동물들이 그려져 있어요. 이 그림을 본 사람들은 전쟁의 잔혹함에 대해 다시 한번 깊이 생각하게 되었고, 많은 이들이 전쟁을 반대하는 목소리를 높였어요.

[2문단] 예술은 사람의 감정과 생각을 표현하는 다양한 형태의 창작 활동이에요. 미술, 음악, 무용, 연극, 문학 등 여러 가지 방식으로 나타나며, 감상하는 것을 넘어서 사회를 변화시키는 힘이 있어요. 피카소의 〈게르니카〉는 그 당시 사람들에게 전쟁의 잔인함을 생생하게 전달하며 전쟁을 반대하는 반전 운동의 상징이 되었어요. 이처럼 예술은 사람들을 더 깊이 성찰하게 만들고, 때로는 사람들의 행동을 변화시키기도 해요.

[3문단] 예술은 우리 삶의 여러 영역에 영향을 미쳐요. 음악, 영화, 연극, 그림과 같은 예술 작품은 사람들의 감정을 자극하고, 사회 문제에 새로운 시각을 갖게 해요. 앞으로도 예술은 우리에게 큰 감동과 영감을 주며, 세상을 더 나은 방향으로 이끌어 갈 거예요.

미션 1 이 글의 핵심 단어를 골라 보세요.

미션 2 위 3개의 문단을 각각 한 문장으로 요약해 아래에 적어 보세요.

> 1문단
>
> 2문단
>
> 3문단

미션 3 핵심 단어를 포함하여 글 전체를 한 문장으로 요약해 보세요.

TV를 예술로 바꾼 작가, 백남준

[1문단] 20세기 중반 백남준이라는 예술가는 텔레비전을 사용해 새로운 예술 작품을 만들어 냈는데, 사람들은 그 작품을 보고 깜짝 놀랐어요. 당시 텔레비전은 정보를 얻거나 프로그램을 보기 위한 기계일 뿐이었는데 백남준은 예술 작품의 도구로 사용했기 때문이에요. 텔레비전 화면을 여러 개 쌓아 올리거나, 전자 음악과 결합한 작품을 만들어 내며 전 세계에 큰 영향을 미쳤어요.

[2문단] 1963년에 선보인 〈음악의 전시-전자 텔레비전〉이라는 작품은 예술계에서 큰 반향을 일으켰어요. 이 작품은 텔레비전 화면이 단순히 영상을 보여 주는 역할을 넘어, 색다른 시각적 효과를 만들어 내며 관객에게 새로운 경험을 선사했어요. 당시 사람들은 텔레비전이 예술 작품이 될 수 있다는 것을 상상조차 하지 못했지만, 백남준은 그것을 가능하게 만들었지요.

[3문단] 백남준은 특히 비디오 아트를 통해 예술의 미래를 열었어요. 그는 예술의 경계를 넓힌 인물로 그의 작품은 한국뿐만 아니라 전 세계적으로 전시되었으며 많은 예술가에게 영감을 주었어요. 그 덕분에 우리는 텔레비전이 단순한 기계를 넘어 예술로서 가치를 지녔다는 것을 알았습니다.

미션 1 이 글의 핵심 단어를 골라 보세요.

미션 2 위 3개의 문단을 각각 한 문장으로 요약해 아래에 적어 보세요.

1문단

2문단

3문단

미션 3 핵심 단어를 포함하여 글 전체를 한 문장으로 요약해 보세요.

세계에서 가장 과학적인 문자, 한글

[1문단] 한글은 1443년 세종대왕이 백성을 위해 만든 우리나라 고유의 글자예요. 한글의 가장 큰 특징은 누구나 쉽게 배울 수 있는 과학적인 구조를 지녔다는 점이에요. 자음과 모음이 체계적으로 구성되어 단순한 원리만 알면 누구나 글을 읽고 쓸 수 있습니다. 특히 한글은 당시 백성들이 자신의 생각을 쉽게 글로 적어 표현할 수 있게 만들어 주었어요.

[2문단] 한글은 언어학적으로도 큰 가치를 지녔어요. 자음은 사람의 발음의 위치와 모양을 본떠서 만들었고, 모음은 하늘(•), 땅(—), 사람(ㅣ)을 본떠서 만들어졌어요. 이처럼 한글은 소리를 시각적으로 표현한 독특한 글자로, 세계에서 유일하게 발음 기관의 모양을 반영한 문자예요. 그래서 많은 언어학자들이 한글을 '세계에서 가장 과학적인 문자'라고 평가합니다.

[3문단] 오늘날 한글은 전 세계적으로 그 우수성을 인정받았어요. 한글의 간단하고 효율적인 구조와 특징 덕분에 많은 외국인들이 한국어를 쉽게 배우고 익힙니다. 이는 한국의 문화를 세계에 알리는 초석이 되었습니다.

미션 **1** 이 글의 핵심 단어를 골라 보세요.

미션 **2** 위 3개의 문단을 각각 한 문장으로 요약해 아래에 적어 보세요.

1문단

2문단

3문단

미션 **3** 핵심 단어를 포함하여 글 전체를 한 문장으로 요약해 보세요.

세상을 연결하는 언어의 힘

[1문단] 언어는 사람들의 생각과 감정을 표현하고 전달하는 수단입니다. 지구촌 시대에 언어는 서로 다른 문화를 이해하고 아이디어를 주고받는 원동력이 되었습니다. 기술이 발전한 덕분에 더 많은 사람들이 언어의 장벽을 넘어 다양한 나라와 소통할 수 있게 되었어요.

[2문단] 특히 번역 기술과 인공 지능(AI)은 언어의 힘을 더욱 강력하게 만들어 줘요. 예를 들어 번역 앱을 사용하면 실시간으로 다른 언어를 번역해 그 나라 사람들과 원활하게 소통하거나 협업할 수 있어요. 이러한 기술 덕분에 글로벌 회의나 국제적인 무대에서도 언어 장벽이 문제가 되지 않아요.

[3문단] 언어를 통해 우리는 서로를 더 잘 이해하고 협력하며, 더 나은 미래를 만들 수 있어요. 특히 다양한 언어를 배우는 것은 새로운 문화를 접하고, 더 넓은 세상과 연결될 기회를 제공하지요. 언어는 단순한 의사소통을 넘어서, 새로운 가능성을 여는 중요한 도구입니다.

미션 **1** 이 글의 핵심 단어를 골라 보세요.

미션 **2** 위 3개의 문단을 각각 한 문장으로 요약해 아래에 적어 보세요.

　　1문단

　　2문단

　　3문단

미션 **3** 핵심 단어를 포함하여 글 전체를 한 문장으로 요약해 보세요.

상상력으로 세상을 바꾸는 문학의 힘

[1문단] 문학은 우리의 상상력을 키워 주고, 세상을 새로운 눈으로 바라보게 합니다. 시, 소설, 동화 등 다양한 문학 작품들은 독자들에게 감동을 주고, 삶을 더 깊이 이해하는 데 도움을 줘요. 문학을 통해 우리는 다른 사람들의 생각과 감정을 간접적으로 체험할 수 있습니다.

[2문단] 문학은 우리 삶의 여러 면을 다룹니다. 역사적 사건을 배경으로 한 소설은 과거를 이해하는 데 도움을 주고, 시는 짧은 글 속에 많은 감정을 담아내요. 문학은 단순히 재미를 주는 것뿐만 아니라, 우리가 알지 못했던 세상에 대한 깨달음과 지혜를 전해요. 문학을 통해 우리는 더 넓은 세상을 이해하고, 더 나은 사람이 될 수 있어요.

[3문단] 문학의 가장 큰 힘은 상상력이에요. 예를 들어 《해리 포터》 시리즈를 읽으면 우리는 마법 세계로 떠나 호그와트라는 새로운 학교를 다니는 상상을 할 수 있지요. J.K. 롤링 작가가 상상력으로 창조한 이 이야기는 많은 사람에게 마법 같은 꿈과 용기를 줬지요. 문학은 이렇게 사람들에게 희망을 주며, 세상에 긍정적인 변화를 가져오는 중요한 역할을 해요.

미션 1 이 글의 핵심 단어를 골라 보세요.

미션 2 위 3개의 문단을 각각 한 문장으로 요약해 아래에 적어 보세요.

1문단

2문단

3문단

미션 3 핵심 단어를 포함하여 글 전체를 한 문장으로 요약해 보세요.

어린이들을 사로잡은 《마당을 나온 암탉》

[1문단] 2000년에 출간된 황선미 작가의 《마당을 나온 암탉》은 대한민국의 유명한 아동 문학 작품이에요. 이 작품은 좁은 닭장에서 벗어나고 싶은 암탉 '잎싹'의 모험과 꿈을 담았어요. 《마당을 나온 암탉》은 많은 아이들에게 자유와 용기의 의미를 알려 주며 출간 이후 큰 인기를 끌었습니다. 이 책은 여러 나라 언어로 번역되었고, 애니메이션으로도 만들어졌어요.

[2문단] 이 책의 주인공인 암탉 잎싹은 자신만의 꿈을 이루기 위해 용기 내어 닭장을 떠납니다. 많은 어려움과 위험이 있었지만 잎싹은 포기하지 않고 계속해서 나아갔어요. 이 이야기는 아이들에게 꿈을 가지고 도전하는 것이 얼마나 중요한지 가르쳐 줍니다. 또한 잎싹이 다른 동물들과 우정을 나누며 어려움을 극복하는 모습은 사람들 사이의 소중한 관계를 생각하게 하지요.

[3문단] 《마당을 나온 암탉》은 문학이 가진 힘을 잘 보여 주는 작품이에요. 이 책은 잎싹의 모험을 통해 많은 어린이가 자신의 꿈을 위해 노력하고, 어려움에 맞서 싸울 용기를 가질 수 있도록 일깨워 줍니다.

미션 **1** 이 글의 핵심 단어를 골라 보세요.

미션 **2** 위 3개의 문단을 각각 한 문장으로 요약해 아래에 적어 보세요.

　　1문단

　　2문단

　　3문단

미션 **3** 핵심 단어를 포함하여 글 전체를 한 문장으로 요약해 보세요.

마음에 평화를 주는 힘, 종교

[1문단] 종교는 오랜 세월 동안 많은 사람들에게 위로와 힘이 되었습니다. 종교는 우리가 어려움을 겪을 때 안정을 찾게 해 주고, 삶의 의미를 고민할 때 도움을 줘요. 세상에는 다양한 종교가 존재하지만 대부분의 종교는 사랑과 평화를 강조하며 사람들을 바른길로 인도하려고 해요. 종교를 믿는 사람들은 기도나 명상을 통해 자신을 돌아보고, 더 나은 삶을 살아가려고 노력합니다.

[2문단] 종교는 사람들 사이의 연결고리 역할을 하기도 합니다. 기독교에서는 예배를 드리고, 불교에서는 불공을 드리며, 이슬람교에서는 하루에도 여러 번 기도를 하지요. 이러한 종교 활동을 통해 같은 신앙을 가진 사람들이 모여 서로를 돕고 위로하는 공동체를 형성하기도 해요.

[3문단] 종교는 이처럼 개인의 삶에 의미와 방향을 제시하고, 사회에 긍정적인 영향을 줘요. 종교에서 가르치는 사랑과 자비, 평등과 같은 가치는 사람들이 서로를 존중하고 배려하게 만드니까요. 그래서 종교는 우리 사회의 질서를 유지하고, 더 나은 세상을 만드는 데 큰 역할을 해요.

미션 1 이 글의 핵심 단어를 골라 보세요.

미션 2 위 3개의 문단을 각각 한 문장으로 요약해 아래에 적어 보세요.

1문단

2문단

3문단

미션 3 핵심 단어를 포함하여 글 전체를 한 문장으로 요약해 보세요.

새로운 믿음의 시작, 종교 개혁

[1문단] 16세기 초 유럽 사람들은 로마 가톨릭교회를 믿으며 신앙생활을 했습니다. 하지만 교회에는 부패와 비리가 만연했어요. 많은 사람이 교회의 권위에 의문을 품었을 때, 마르틴 루터라는 독일의 신학자가 등장해 교회의 잘못을 지적하고 새로운 신앙의 길을 제시했습니다. 이렇게 마르틴 루터가 교회의 부패를 지적하고 변화를 촉구한 역사적 사건을 종교 개혁이라고 해요.

[2문단] 마르틴 루터의 종교 개혁은 단순히 교회의 문제를 지적한 것만이 아니었어요. 그는 사람들이 스스로 성경을 읽고, 직접 하나님과 소통해야 한다고 주장했어요. 이로 인해 프로테스탄트 교회가 생겨났고, 많은 사람들이 새로운 방식으로 신앙을 실천하기 시작했어요. 종교 개혁은 유럽 전역에 큰 영향을 주었고, 신앙의 자유와 개혁의 물결을 퍼뜨렸어요.

[3문단] 마르틴 루터의 용기 있는 행동은 사람들에게 새로운 믿음과 자유를 누리게 해 주었습니다. 사람들은 종교 지도자나 교회 권위에 의존하지 않고, 스스로 생각하고 판단하는 힘을 기를 수 있게 되었어요. 이러한 변화는 오늘날 우리가 누리는 신앙의 자유로 이어졌습니다. 또한 종교 개혁은 유럽 사회의 문화와 정치에도 큰 영향을 끼쳤어요.

미션 1 이 글의 핵심 단어를 골라 보세요.

미션 2 위 3개의 문단을 각각 한 문장으로 요약해 아래에 적어 보세요.

1문단

2문단

3문단

미션 3 핵심 단어를 포함하여 글 전체를 한 문장으로 요약해 보세요.

전 세계를 춤추게 하는 케이팝

[1문단] 케이팝은 한국에서 시작해 이제는 한국뿐만 아니라 전 세계에서 사랑받는 음악 장르로 성장했습니다. 그중에서도 방탄소년단이나 블랙핑크 같은 아이돌 그룹은 유럽, 남미, 동남아 같이 다양한 문화권에서 팬들을 형성하며 인기를 끌었어요.

[2문단] 케이팝이 전 세계적으로 인기를 끌게 된 이유는 다양한 음악 장르와 화려한 퍼포먼스, 독특한 스타일이 신선하게 다가왔기 때문이에요. 또한 케이팝 아티스트들은 소셜 미디어와 유튜브를 활용해 전 세계 팬들과 긴밀하게 소통해 팬층을 확장했습니다.

[3문단] 현재 케이팝은 한국의 가장 성공적인 문화 수출품으로 자리를 잡았어요. 단순히 한국 음악이 외국 시장에서 통하는 것뿐만 아니라 한국의 문화와 가치를 세계에 알리는 중요한 역할을 하지요. 앞으로도 케이팝은 아티스트와 팬이 서로 영향을 주고받으며 전 세계 사람들을 연결하는 중요한 매개체가 될 거예요.

미션 1 이 글의 핵심 단어를 골라 보세요.

미션 2 위 3개의 문단을 각각 한 문장으로 요약해 아래에 적어 보세요.

1문단

2문단

3문단

미션 3 핵심 단어를 포함하여 글 전체를 한 문장으로 요약해 보세요.

피자와 불고기의 만남

[1문단] 피자는 이탈리아에서 시작된 음식으로 밀가루 반죽인 피자 도우 위에 토마토소스와 치즈를 올리고, 다양한 재료를 더해 오븐에 구워 먹는 요리입니다. 피자는 전 세계적으로 사랑받는 음식으로, 한국에 들어오면서 우리나라만의 독특한 피자가 탄생했어요. 그 특별한 피자가 바로 불고기피자예요. 한국의 대표적인 전통 음식인 불고기를 피자에 올려 새로운 맛을 만들어 냈지요.

[2문단] 불고기피자는 피자의 바삭한 도우와 달콤한 불고기가 어우러져 많은 사람에게 인기를 끌었습니다. 피자가 한국에서 이렇게 변한 것처럼, 한국 음식도 외국에 전파되어 새로운 모습으로 변하기도 해요. 이처럼 서로 다른 나라가 교류하며 새로운 음식이 탄생하기도 합니다.

[3문단] 불고기피자처럼 다른 나라의 음식을 받아들이고 그 음식을 우리만의 방식으로 발전시키면서 우리는 더 다양한 맛을 경험할 수 있게 되었어요. 앞으로도 더 많은 나라들이 서로 교류하며 창의적이고 새로운 음식을 만들어 갈 거예요.

미션 **1** 이 글의 핵심 단어를 골라 보세요.

미션 **2** 위 3개의 문단을 각각 한 문장으로 요약해 아래에 적어 보세요.

　　1문단

　　2문단

　　3문단

미션 **3** 핵심 단어를 포함하여 글 전체를 한 문장으로 요약해 보세요.

끝없는 모래사막의 놀라운 삶

[1문단] 사막은 끝없이 펼쳐진 모래와 매우 건조한 기후로 유명해요. '이런 곳에서 사람이 살 수 있을까?' 생각할 수 있지만, 오랫동안 사막에서 생활해 온 사람들이 있어요. 베두인족은 가벼우면서도 바람과 햇빛을 막아주는 기능을 갖춘 텐트에서 유목 생활을 하며, 주로 낙타를 이용해 먼 거리를 이동합니다.

[2문단] 사막에는 물이 거의 없어서 오아시스라고 불리는 물이 나오는 곳이 아주 소중해요. 예전에는 상인들이 사막을 지나며 오아시스를 찾고, 그곳에서 쉬며 물을 보충하고는 했어요. 그 덕분에 사막은 문화와 물건들이 오가는 중요한 길이 되었습니다. '실크로드'라고 불리는 고대의 유명한 무역로도 사막을 통해 동서양을 이어 주었어요.

[3문단] 현대에는 사막이 또 다른 용도로 활용되어요. 바로 사막에 태양광 패널을 설치해 전기를 만들어 내는 거예요. 사막은 강한 햇빛이 내리쬐는 덕분에 태양광 발전에 아주 적합해요. 이처럼 현대의 사막은 다양한 산업에서 중요한 자원 환경을 제공하며, 그 활용 범위는 점점 더 확대될 거예요.

미션 1 이 글의 핵심 단어를 골라 보세요.

미션 2 위 3개의 문단을 각각 한 문장으로 요약해 아래에 적어 보세요.

1문단

2문단

3문단

미션 3 핵심 단어를 포함하여 글 전체를 한 문장으로 요약해 보세요.

얼음 나라 극지방에서 살아남기

[1문단] 극지방에 사는 사람들은 자연을 지혜롭게 활용해 극한 환경에 적응하며 살아갑니다. 특히 이누이트들은 물개, 고래, 순록 등을 사냥하고, 얼어붙은 바다를 깨 물고기를 잡아 식량을 마련해요. 이 과정에서 얼음낚시 기술을 전수해 왔습니다. 또한 바다표범이나 북극곰의 가죽과 털로 옷을 만들고, 고래기름을 등불로 사용하지요.

[2문단] 극지방은 북극과 남극을 중심으로 얼음과 눈이 뒤덮인 신비로운 곳이에요. 북극에는 이누이트 사람들이 오랫동안 살아왔어요. 그들은 눈과 얼음으로 만든 '이글루'라는 집에서 추운 겨울을 이겨 냈지요. 요즘에는 현대 기술을 이용해 따뜻한 집을 짓고, 눈썰매 대신 스노모빌을 타며 더 편리하게 생활합니다.

[3문단] 최근 과학자들은 극지방의 얼음이 녹는 속도를 측정하며 지구 기후 변화를 연구하고 있어요. 극지방은 다른 지역보다 온난화로 인한 변화가 커 기후 변화를 조사하는 데 적합하지요. 극지방은 지구의 온도를 조절하는 중요한 역할을 하며, 우리의 미래를 위해 꾸준히 살펴봐야 할 중요한 연구 대상이에요.

미션 1 이 글의 핵심 단어를 골라 보세요.

미션 2 위 3개의 문단을 각각 한 문장으로 요약해 아래에 적어 보세요.

1문단

2문단

3문단

미션 3 핵심 단어를 포함하여 글 전체를 한 문장으로 요약해 보세요.

기후가 우리 삶에 끼치는 영향

[1문단] 날씨는 우리의 삶에 큰 영향을 미쳐요. 최근 몇 년 동안 전 세계적으로 겨울이 예전보다 따뜻하거나, 봄이 늦게 오는 '기후 변화'가 일어났어요. 지구의 기후가 장기적으로 변화하는 현상을 기후 변화라고 하는데 특히 추운 겨울이 더 짧아지고 있어요. 이런 변화는 사람들의 생활과 경제, 자연과 생태계에 영향을 끼칩니다.

[2문단] 예를 들어 북유럽의 노르웨이에서는 겨울에 오는 눈이 부족해져서 스키를 탈 수 있는 기간이 짧아졌어요. 스키장들은 인공 눈을 만들어야 하는데 비용이 많이 들어 겨울 스포츠에 의존하는 지역 경제에 큰 타격을 주지요. 이런 문제는 관광객 수 감소로 이어져 지역 주민들의 생활에도 큰 영향을 미칩니다.

[3문단] 사람 뿐만 아니라, 식물과 동물도 기후에 맞춰 사는 방식이 바뀌고 있어요. 나무는 일찍 꽃을 피우고, 산호초는 따뜻해진 수온을 견디기 위해 더 깊은 물속으로 이동하며, 새들은 더 따뜻한 지역으로 이동하지 않는 등 환경 변화에 맞춰 적응하지요. 이렇듯 기후 변화는 동식물도 새로운 환경에 적응하도록 변화시킵니다.

미션 **1** 이 글의 핵심 단어를 골라 보세요.

미션 **2** 위 3개의 문단을 각각 한 문장으로 요약해 아래에 적어 보세요.

1문단

2문단

3문단

미션 **3** 핵심 단어를 포함하여 글 전체를 한 문장으로 요약해 보세요.

북극곰이 마을에 출몰한 이유

[1문단] 북극 지역에서 이상한 일이 벌어졌어요. 사람들이 사는 마을에 북극곰이 출몰한 거예요. 북극곰은 추운 환경에서 살아가며, 해빙 위에서 물개와 같은 먹이를 사냥해요. 그러나 해빙이 빠르게 축소되면서 북극곰들이 먹이를 찾기 힘들어졌어요. 사냥할 수 있는 장소가 부족해지자 결국 북극곰들은 먹이를 찾기 위해 사람들이 사는 마을까지 내려오게 되었습니다.

[2문단] 북극곰들이 생존을 위해 사람들이 사는 마을까지 내려오자 사람들은 공포에 떨어야 했어요. 주민들은 북극곰을 안전하게 돌려보내기 위해 애썼지요. 북극곰이 마을에 출몰한 이유는 기후 변화 때문이에요. 기온이 올라가면서 빙하가 녹아 북극곰들이 살아갈 터전이 점점 사라지고, 북극곰의 먹이 사슬에도 심각한 영향을 끼친 거예요.

[3문단] 북극곰이 마을에 출몰한 사건은 기후 변화의 심각성을 보여 줍니다. 이런 일이 일어난 것은 우리가 기후 변화를 심각하게 생각하지 않기 때문이에요. 이제 기후 변화를 막기 위해 작은 실천을 시작해야 할 때예요. 에너지를 절약하고, 환경을 보호하는 것이 북극곰과 지구를 지키는 데 큰 도움이 될 거예요.

미션 1 이 글의 핵심 단어를 골라 보세요.

미션 2 위 3개의 문단을 각각 한 문장으로 요약해 아래에 적어 보세요.

1문단

2문단

3문단

미션 3 핵심 단어를 포함하여 글 전체를 한 문장으로 요약해 보세요.

자원의 희소성과 소중함

[1문단] 자원은 우리가 살아가는 데 꼭 필요한 것들이지만 한정적으로 존재해요. 인구가 증가하고 산업이 발전하면서 자원에 대한 수요가 계속 증가하지요. 석탄, 석유, 천연가스 같은 화석 연료는 많은 나라에서 주요 에너지 자원으로 사용하기 때문에 언젠가는 고갈될 수 있습니다.

[2문단] 그래서 자원 개발과 보존은 무척 중요해요. 자원을 효율적으로 사용하기 위해서는 기술 혁신이 필요하고, 동시에 환경을 보호하기 위한 전략도 마련해야 합니다. 재생 가능한 에너지원인 태양광이나 풍력은 미래에도 사용할 수 있는 자원으로 주목받고 있어요.

[3문단] 한정적인 자원을 보존하기 위해서는 개인과 공동체의 노력이 필요해요. 쓰레기 줄이기, 재활용 실천, 에너지 절약 등 일상에서 실천할 수 있는 작은 행동들이 모여 큰 변화를 만들어 낼 수 있어요. 이렇게 개인과 공동체 모두 자원의 희소성과 소중함을 깨닫고 자원을 절약하기 위해 노력하는 것이 중요합니다.

미션 1 이 글의 핵심 단어를 골라 보세요.

미션 2 위 3개의 문단을 각각 한 문장으로 요약해 아래에 적어 보세요.

1문단

2문단

3문단

미션 3 핵심 단어를 포함하여 글 전체를 한 문장으로 요약해 보세요.

에티오피아와 이집트의 자원 전쟁

[1문단] 2023년 나일강 수자원을 둘러싸고 에티오피아와 이집트 간의 갈등이 더욱 격화되었어요. 자원 전쟁은 물과 같은 필수 자원을 둘러싸고 국가 간의 경쟁이나 갈등을 나타내는 현상이에요. 에티오피아가 건설한 대형 댐인 '그랜드 에티오피아 르네상스 댐(GERD)'은 전력 생산과 농업에 도움을 줄 것으로 기대되지만, 그 규모와 영향력 때문에 이집트와 국제적 갈등을 겪고 있습니다.

[2문단] 이집트는 댐 건설로 물이 부족해져 자국의 농업과 생존에 영향을 미칠 수 있다고 주장해요. 반면, 에티오피아는 전력 공급과 경제 발전을 위해 필수적이라고 주장합니다. 양국은 대화와 협상을 통해 해결책을 찾으려 하지만 물이라는 자원이 정치적 무기가 되는 상황이 발생했어요.

[3문단] 이 갈등은 자원 관리의 중요성을 다시 한번 일깨워 줘요. 에티오피아와 이집트 모두 지속 가능한 자원 사용을 위해 협력해야 합니다. 자원 전쟁은 단순한 갈등이 아니라, 미래를 위해 함께 해결해야 할 공동의 과제이기 때문이에요.

미션 1 이 글의 핵심 단어를 골라 보세요.

미션 2 위 3개의 문단을 각각 한 문장으로 요약해 아래에 적어 보세요.

1문단

2문단

3문단

미션 3 핵심 단어를 포함하여 글 전체를 한 문장으로 요약해 보세요.

숨 쉬기 힘든 세상, 환경 오염의 위협

[1문단] 최근 많은 도시 국가에서 환경 오염으로 인한 문제가 심각해졌어요. 환경 오염은 대기, 물, 토양 등이 오염되어 사람들의 건강과 생활에 부정적인 영향을 미치는 현상이에요. 특히 대기 오염이 심각한 도시 국가들은 많은 인구수와 산업화로 인해 더 큰 피해를 겪고 있어요.

[2문단] 2022년 인도 뉴델리에서는 극심한 대기 오염으로 인해 학교를 닫고, 사람들이 외출하지 못하는 상황이 발생했어요. 이로 인해 많은 학생이 수업을 받지 못했고, 대기 질이 좋지 않은 날에는 마스크를 쓰고 생활했습니다. 이처럼 환경 오염은 사람들의 일상을 무너뜨리고 사회와 경제에 부정적인 영향을 끼칩니다.

[3문단] 이러한 환경 오염 문제를 극복하기 위해 개인과 정부 모두의 노력이 필요합니다. 우리가 자전거나 대중교통을 이용하고, 플라스틱을 덜 사용한다면 건강과 환경을 지키는 데 큰 도움이 될 수 있어요. 이러한 작은 실천이 모여 깨끗한 환경을 만들 수 있다는 것을 잊지 말아야 해요.

미션 1 이 글의 핵심 단어를 골라 보세요.

미션 2 위 3개의 문단을 각각 한 문장으로 요약해 아래에 적어 보세요.

1문단

2문단

3문단

미션 3 핵심 단어를 포함하여 글 전체를 한 문장으로 요약해 보세요.

지구를 지키는 글로벌 팀워크

[1문단] 전 세계 여러 나라가 환경 보전을 위해 다양한 노력을 합니다. 환경 보전이란 자연과 생태계를 보호하고 지속 가능한 유지를 위해 각국이 자원을 관리하고 오염을 줄이려는 노력을 기울이는 것입니다. 예를 들어 스웨덴은 2017년부터 온실가스 배출량을 '0'으로 만드는 '탄소 중립' 목표를 선언하고, 재생 가능한 에너지원 사용을 늘렸습니다.

[2문단] 또한 일본은 '쓰레기 제로'를 목표로 한 정책을 시행했어요. 한 도시에서는 쓰레기를 종류별로 나누어 분리배출하고, 각 가정에서 음식물 쓰레기를 줄이기 위한 교육도 실시했습니다. 그 결과, 일본의 재활용률은 세계에서 가장 높은 수준에 도달했어요. 이러한 노력은 시민들의 환경에 대한 인식을 높이는 데도 큰 도움이 되었어요.

[3문단] 마지막으로 코스타리카는 남다른 자연 보호로 유명해요. 이 나라는 1990년대부터 국토의 25%를 보호구역으로 지정하고, 지속 가능한 생태 관광을 통해 경제를 발전시켰습니다. 환경 보전을 위한 코스타리카의 노력은 세계 여러 나라에 좋은 본보기가 되었어요. 이러한 세계 각국의 노력은 환경 보전의 중요성을 일깨워 줍니다.

미션 1 이 글의 핵심 단어를 골라 보세요.

미션 2 위 3개의 문단을 각각 한 문장으로 요약해 아래에 적어 보세요.

1문단

2문단

3문단

미션 3 핵심 단어를 포함하여 글 전체를 한 문장으로 요약해 보세요.

실학으로 세상을 바꾼 정약용

[1문단] 정약용은 조선 후기의 대표적인 실학자로 당시 사회 문제를 해결하기 위해 실용적인 학문을 연구했어요. 그는 수원 화성을 건설할 때 사용된 거중기라는 기계를 발명한 것으로 유명해요. 거중기는 무거운 돌을 쉽게 들어 올릴 수 있는 기구로, 덕분에 많은 인력을 들이지 않고도 수원 화성을 튼튼하게 건설할 수 있었어요.

[2문단] 정약용은 기계만 발명한 것이 아니었어요. 그는 백성들이 잘 살 수 있도록 깊이 고민한 끝에 《목민심서》라는 책을 썼습니다. 이 책은 관리들이 백성을 어떻게 다스려야 하는지 설명하는 지침서였어요. 정약용은 백성들이 더 나은 삶을 살 수 있도록 관리들이 백성들을 소중히 여기고 잘 돌봐야 한다고 주장했습니다. 그의 사상은 당시 조선 사회에 큰 변화를 일으켰어요.

[3문단] 정약용의 업적은 과학 기술과 정치 모두 큰 영향을 미쳤어요. 그는 실용적인 학문을 통해 나라를 발전시키고자 했고, 백성을 위한 정책을 고민한 학자였어요. 오늘날에도 그의 사상은 많은 사람에게 영감을 줍니다. 정약용은 지혜로운 학자이자 백성들을 위해 끊임없이 노력한 조선의 위대한 인물이에요.

미션 **1** 이 글의 핵심 단어를 골라 보세요.

미션 **2** 위 3개의 문단을 각각 한 문장으로 요약해 아래에 적어 보세요.

1문단

2문단

3문단

미션 **3** 핵심 단어를 포함하여 글 전체를 한 문장으로 요약해 보세요.

역사를 바꾼 용기의 상징, 안중근

[1문단] 안중근 의사는 우리나라 독립을 위해 헌신한 독립운동가이자 나라를 지킨 영웅이에요. 1909년 안중근 의사는 일본의 고위 관리인 이토 히로부미를 저격했습니다. 이토 히로부미는 우리나라를 식민지로 만들기 위해 앞장선 인물이었지요. 안중근 의사는 나라의 독립을 위해 그를 처단했고, 많은 국민이 이 사건을 통해 그의 용기와 결단력을 존경하게 되었어요.

[2문단] 안중근 의사는 개인적인 원한이나 복수가 아닌, 나라의 독립과 평화를 위해 행동했습니다. 그는 세계 평화를 꿈꾸며 《동양평화론》이라는 책을 썼으며 조선뿐만 아니라 동아시아의 평화를 위해서도 헌신했어요. 그는 자신의 행동을 정당하게 여기며 재판 중에도 당당히 자신의 의견을 펼쳤어요.

[3문단] 안중근 의사의 의지는 지금도 후대 사람에게 울림을 줍니다. 그의 희생정신 덕분에 우리나라는 오늘날 자유와 평화를 누릴 수 있기 때문입니다. 안중근 의사는 나라를 위해 자신의 목숨을 바친 진정한 영웅이에요. 그의 희생과 헌신은 절대 잊지 말아야 합니다.

미션 1 이 글의 핵심 단어를 골라 보세요.

미션 2 위 3개의 문단을 각각 한 문장으로 요약해 아래에 적어 보세요.

1문단

2문단

3문단

미션 3 핵심 단어를 포함하여 글 전체를 한 문장으로 요약해 보세요.

700년을 지켜 온 지혜의 기록

[1문단] 팔만대장경은 고려 시대에 만들어진 불교 경전이에요. 몽골이 고려를 침략하던 시기, 불교의 힘을 빌려 나라를 지키고 부처님의 가르침을 전하기 위해 만들어졌지요. 팔만대장경은 무려 81,258개의 목판에 새겨져 있어요. 이 방대한 규모는 약 16년에 걸쳐 완성되었습니다.

[2문단] 팔만대장경은 오늘날까지도 그 원형이 매우 잘 보존되어 있어요. 이 경판들은 해인사라는 절에 보관되어 있습니다. 해인사의 장경각은 팔만대장경을 오래 보관하기 위해 습기와 온도를 적절하게 유지할 수 있도록 특별히 설계되었습니다. 이러한 정교한 보관 방식 덕분에 팔만대장경은 700년이 넘게 손상되지 않고 우리에게 전해졌어요.

[3문단] 팔만대장경은 단순한 불교 경전이 아니라, 전쟁의 위협과 자연재해 속에서 지켜 낸 소중한 문화유산이에요. 이 경전은 고려의 문화와 기술이 얼마나 뛰어났는지를 보여 주는 중요한 유산으로, 오늘날 그 가치를 인정받아 유네스코 세계기록유산에 등재되었어요.

미션 1 이 글의 핵심 단어를 골라 보세요.

미션 2 위 3개의 문단을 각각 한 문장으로 요약해 아래에 적어 보세요.

1문단

2문단

3문단

미션 3 핵심 단어를 포함하여 글 전체를 한 문장으로 요약해 보세요.

판소리, 천년의 소리를 울리다

[1문단] 판소리는 우리나라의 대표적인 무형문화유산이에요. 18세기부터 시작된 판소리는 한 명의 소리꾼이 장단에 맞추어 소리, 말, 몸짓을 사용하여 이야기를 노래로 풀어 나가는 민속 음악입니다. 판소리는 주로 이야기 속의 인물들이 겪는 갈등과 고난, 사랑 등을 다루며 대표적으로《춘향가》,《적벽가》등이 있어요.

[2문단] 판소리는 다양한 감정과 이야기를 표현하며 긴 시간 공연합니다. 이때 소리꾼의 목소리와 감정 표현이 아주 중요한데 소리꾼들은 오랜 시간 동안 기술을 연습하며 실력을 쌓아 왔어요. 판소리를 통해 조상들의 삶과 지혜를 전할 수 있었고, 공연을 보는 청중들과 함께 울고 웃으며 감동을 나눴지요.

[3문단] 판소리는 세대를 이어 오며 많은 사랑을 받았어요. 또한 전통 예술로서 그 가치를 인정받아 유네스코 세계무형유산으로 지정되었지요. 판소리는 한국의 전통 음악과 문화를 보존하고, 후세에게 전해 주는 중요한 역할을 합니다. 오늘날에도 많은 사람이 판소리를 즐기고, 배우며 우리 전통문화를 이어 가고 있어요.

미션 1 이 글의 핵심 단어를 골라 보세요.

미션 2 위 3개의 문단을 각각 한 문장으로 요약해 아래에 적어 보세요.

1문단

2문단

3문단

미션 3 핵심 단어를 포함하여 글 전체를 한 문장으로 요약해 보세요.

외교 담판으로 전쟁을 막은 서희

[1문단] 10세기 말 강력한 군대를 이끌고 온 거란이 고려를 침략했어요. 서희는 거란의 침략을 외교 담판으로 막아 내고 고려의 영토를 확장한 지혜로운 외교관이에요. 당시 서희는 단 한 번의 외교 회담으로 거란을 설득했어요. 그는 단순히 협상만 한 것이 아니라, 거란이 원하는 것을 파악하고 그들이 침략을 중단하도록 논리적인 대화를 이어 갔어요.

[2문단] 서희는 거란과의 협상에서 탁월한 외교 전략을 펼쳤어요. 거란은 고려가 송나라와의 무역을 막는다며 불만을 품고 침략했지만, 서희는 '우리는 전쟁할 이유가 없다'며 거란의 침략 목적이 잘못되었음을 논리적으로 설명했어요. 서희는 거란의 요구를 거절하면서도 상대방의 체면을 살려 주는 언행으로 협상을 이끌었으며, 마침내 압록강 북쪽의 땅을 고려의 영토로 인정받는 데 성공했습니다.

[3문단] 서희의 외교 담판은 단순한 협상이 아니라, 전쟁 없이도 나라를 지킬 수 있다는 외교의 힘을 보여 준 사례였어요. 그의 지혜와 담대함 덕분에 고려는 거란과의 전쟁을 피하여 오랫동안 평화를 유지할 수 있었어요. 이로 인해 서희는 우리나라 역사에서 가장 뛰어난 외교관으로 평가받습니다.

미션 1 이 글의 핵심 단어를 골라 보세요.

미션 2 위 3개의 문단을 각각 한 문장으로 요약해 아래에 적어 보세요.

1문단

2문단

3문단

미션 3 핵심 단어를 포함하여 글 전체를 한 문장으로 요약해 보세요.

탁구공이 만든 두 나라의 우정

[1문단] 탁구 시합이 두 나라의 역사를 바꾼 일이 있었어요. 1971년 중국은 미국 탁구 선수들을 초청해 세계 탁구 대회를 열었어요. 초대받은 미국 선수들이 중국을 방문했고, 이를 통해 두 나라의 관계가 개선되었지요. 이 탁구 시합을 계기로 두 나라의 관계가 개선된 외교적 사건을 '핑퐁 외교'라고 부릅니다.

[2문단] 당시 미국과 중국은 서로를 믿지 않는 적대적인 관계였지만, 탁구 선수들의 만남은 두 나라 국민 사이에 뜨거운 관심을 불러일으켰어요. 이 시합 이후 미국의 리처드 닉슨 대통령은 1972년에 중국을 공식 방문했어요. 이는 20년 넘게 단절되었던 관계를 회복하고, 대화의 물꼬를 튼 중요한 계기가 되었습니다.

[3문단] 핑퐁 외교는 스포츠가 외교에 얼마나 큰 역할을 할 수 있는지 보여 준 흥미로운 사례로 남았어요. 핑퐁 외교 덕분에 미국과 중국은 경제, 문화 등 다양한 분야에서 교류를 시작했고, 국제 외교에서 문화 교류가 얼마나 중요한지 보여 주었습니다.

미션 1 이 글의 핵심 단어를 골라 보세요.

미션 2 위 3개의 문단을 각각 한 문장으로 요약해 아래에 적어 보세요.

   1문단

   2문단

   3문단

미션 3 핵심 단어를 포함하여 글 전체를 한 문장으로 요약해 보세요.

나라를 지킨 조선의 결전, 임진왜란

[1문단] 임진왜란은 1592년에 일본이 조선을 침략한 전쟁이에요. 당시 일본 장군 도요토미 히데요시는 조선을 통해 명나라를 정복하려고 했어요. 조선은 갑작스러운 침략에 큰 위기를 맞았지만, 나라를 지키기 위해 이순신 장군을 비롯한 여러 군인이 용감하게 싸워 맞섰습니다.

[2문단] 임진왜란이 벌어지는 동안 조선 바다에서는 여러 차례 중요한 해전이 벌어졌어요. 한산도 대첩에서 이순신 장군은 거북선을 이용해 일본군을 크게 무찌르며 조선의 바다를 지켰어요. 또한 조선 백성들은 성을 쌓고 무기를 만들며 나라를 위해 헌신했습니다. 이처럼 조선은 군인과 백성 모두가 힘을 합쳐 어려운 상황을 이겨 냈어요.

[3문단] 7년 동안 임진왜란을 겪으며 싸운 결과, 조선은 일본의 침략을 막아 냈어요. 이 전쟁은 조선의 단결력과 용기를 보여 준 역사적인 사건으로 나라를 지키기 위한 백성들의 의지와 행동이 얼마나 중요한지 깨닫게 해 주었습니다.

미션 1 이 글의 핵심 단어를 골라 보세요.

미션 2 위 3개의 문단을 각각 한 문장으로 요약해 아래에 적어 보세요.

1문단

2문단

3문단

미션 3 핵심 단어를 포함하여 글 전체를 한 문장으로 요약해 보세요.

사탕 폭격기가 만든 평화

[1문단] 1945년 제2차 세계 대전이 끝난 후 독일은 서독과 동독으로 나뉘었어요. 서독은 미국, 영국, 프랑스가 관리하고, 동독은 소련이 관리하게 되었지요. 독일의 수도였던 서베를린은 동독에 있어 소련의 지배를 받았어요. 1948년 소련이 서베를린을 봉쇄하자 서베를린 시민들은 고립되어 음식과 생필품을 구하기 힘들어졌지요.

[2문단] 고립된 시민들을 도와주기 위해 미국과 영국은 비행기로 물품을 보내고는 했는데, 이때 한 미국 조종사가 아이들이 좋아하는 사탕과 초콜릿을 떨어뜨려 주었습니다. 전쟁으로 힘들어했던 서베를린 주민들에게 하늘에서 떨어진 사탕과 초콜릿은 기쁨을 주었고, 자유와 희망의 상징이 되었습니다.

[3문단] 사탕 폭격기는 동독과 서독 사이의 갈등을 완화하는 계기가 되었어요. 이 사건은 사람들에게 전쟁과 갈등 속에서도 따뜻한 마음을 나누는 것이 얼마나 중요한지 보여 주었습니다. 나아가 동독의 압박에 맞서 서베를린 사람들을 지키기 위해 서방 국가들이 함께 노력했다는 상징이 되었지요.

미션 1 이 글의 핵심 단어를 골라 보세요.

미션 2 위 3개의 문단을 각각 한 문장으로 요약해 아래에 적어 보세요.

1문단

2문단

3문단

미션 3 핵심 단어를 포함하여 글 전체를 한 문장으로 요약해 보세요.

자유의 가치, 선택할 수 있는 힘

[1문단] 자유는 삶에서 가장 중요한 가치로 자신이 원하는 대로 생각하고, 행동하며, 선택할 수 있는 권리예요. 우리는 무엇을 공부할지, 어떤 직업을 가질지 스스로 선택할 수 있어요. 이 자유 덕분에 우리는 원하는 꿈을 꾸고, 목표를 향해 나아갈 수 있습니다. 하지만 자유는 그냥 주어지는 것이 아니라, 많은 사람이 힘을 합쳐 노력하고 지켜 온 소중한 권리입니다.

[2문단] 자유의 중요성은 역사 속에서도 잘 드러납니다. 과거 우리나라 사람들은 일제강점기 동안 자유를 잃고, 자신들의 의지대로 살아갈 수 없었어요. 그러나 독립운동가들과 많은 국민들이 힘을 합쳐 자유를 되찾기 위해 싸웠고, 그 결과 우리는 다시 자유를 얻을 수 있었지요.

[3문단] 오늘날 우리는 자유롭게 생각하고, 말하고, 선택할 수 있는 세상을 살아가요. 이 자유 덕분에 우리는 각자의 꿈을 이루기 위해 노력하고, 다양한 기회에 도전할 수 있지요. 그러나 자유에는 책임도 함께 따라요. 나의 선택이 다른 사람에게 영향을 미칠 수 있다는 사실을 기억하고, 우리는 서로 존중하며 자유를 누릴 수 있어야 합니다.

미션 1 이 글의 핵심 단어를 골라 보세요.

미션 2 위 3개의 문단을 각각 한 문장으로 요약해 아래에 적어 보세요.

1문단

2문단

3문단

미션 3 핵심 단어를 포함하여 글 전체를 한 문장으로 요약해 보세요.

자유와 평등을 향한 외침, 프랑스 혁명

[1문단] 프랑스 혁명은 1789년에 일어난 역사적인 시민 혁명 사건이에요. 당시 프랑스에서는 왕과 귀족들이 나라의 모든 권력을 쥐고, 귀족과 성직자를 제외한 평민들은 부당하게 많은 세금을 내며 힘들게 살았지요. 이에 불만을 품은 시민들은 자신의 권리를 되찾기 위해 자유와 평등을 외치며 왕과 귀족에 용감하게 맞서 싸웠습니다. 이 운동이 바로 프랑스 혁명이에요.

[2문단] 시민들은 국민의회를 결성하고, 모든 사람이 평등한 세상을 만들기 위해 노력했어요. 혁명군은 여러 차례 전투와 시위를 하며 왕권에 맞섰습니다. 특히 혁명 중에는 '자유, 평등, 박애'를 강조하는 인권 선언을 발표했지요. 마침내 프랑스 왕정은 무너지고 공화국이 세워집니다.

[3문단] 프랑스 혁명은 프랑스뿐만 아니라 전 세계에 큰 영향을 끼쳤어요. 프랑스 혁명이 일으킨 자유와 평등의 가치는 오늘날 우리가 누리는 자유와 권리의 기초가 되었지요. 자유를 되찾기 위한 프랑스 사람들의 외침은 우리 모두에게 민주주의와 인권의 중요성을 일깨워 주었습니다.

미션 **1** 이 글의 핵심 단어를 골라 보세요.

미션 **2** 위 3개의 문단을 각각 한 문장으로 요약해 아래에 적어 보세요.

1문단

2문단

3문단

미션 **3** 핵심 단어를 포함하여 글 전체를 한 문장으로 요약해 보세요.

나라를 하나로 만든 링컨의 리더십

【1문단】 에이브러햄 링컨은 미국 역사에서 아주 중요한 인물이에요. 그는 1860년에 미국 대통령으로 선출되었는데 그 당시 미국은 남부와 북부가 노예 제도를 둘러싸고 큰 갈등을 겪었어요. 이 갈등은 남북 전쟁으로 이어졌어요. 링컨은 대통령으로서 나라를 지키겠다는 굳은 의지로 전쟁 속에서도 국가를 하나로 만들기 위해 노력했어요.

【2문단】 남북 전쟁이 한창일 때, 링컨은 노예 제도를 없애기 위해 '노예 해방 선언'을 발표했어요. 이 선언은 전쟁의 한복판에서도 '모든 인간은 평등하다'라는 신념을 실현하려는 그의 강한 의지를 보여 주었습니다. 링컨은 대통령으로서 자신이 해야 할 일이 무엇인지 명확히 알고 그 책임을 다하기 위해 용기 있게 행동했어요.

【3문단】 링컨의 리더십 덕분에 미국은 남북 전쟁을 끝내고 하나의 국가로 남을 수 있었고, 노예 제도도 폐지되었어요. 그의 결단력과 책임감은 오늘날에도 많은 사람에게 울림을 줍니다. 링컨은 대통령으로서 자신이 맡은 책임을 끝까지 다하며, 나라의 미래를 위해 헌신한 위대한 인물이에요.

미션 **1** 이 글의 핵심 단어를 골라 보세요.

미션 **2** 위 3개의 문단을 각각 한 문장으로 요약해 아래에 적어 보세요.

1문단

2문단

3문단

미션 **3** 핵심 단어를 포함하여 글 전체를 한 문장으로 요약해 보세요.

다시 살아난 태안의 검은 바다

[1문단] 2007년 겨울 충청남도 태안 앞바다에서 기름 유출 사고가 발생했어요. 유조선과 다른 배가 충돌하면서 많은 양의 기름이 바다로 흘러 나갔지요. 이로 인해 바닷물이 기름으로 검게 변했고, 바다에 살던 물고기와 새들이 큰 피해를 입었어요. 이 사고는 우리나라 역사상 가장 큰 해양 환경 오염 사건 가운데 하나로 기록되었어요.

[2문단] 기름이 유출된 태안 앞바다를 복구하기 위해 많은 사람이 힘을 모았어요. 전국 각지에서 수십만 명의 자원봉사자들이 태안으로 몰려와 기름을 제거했어요. 겨울의 추운 날씨에도 불구하고, 손수건과 솔을 이용해 기름을 닦아 내며 해변을 청소했지요.

[3문단] 태안 기름 유출 사고는 환경 보호의 중요성과 책임을 우리에게 다시 한번 일깨워 줬어요. 사고를 예방하는 것도 중요하지만, 사고가 발생했을 때 그 문제를 해결하기 위해 모두가 힘을 모으는 것도 그만큼 중요해요. 우리가 환경 보호에 책임감을 느끼고 행동으로 실천한다면 바다와 자연을 지킬 수 있어요. 태안에서 보여 준 사람들의 책임감은 어떤 어려움도 함께하면 극복할 수 있다는 희망을 주었습니다.

미션 1 이 글의 핵심 단어를 골라 보세요.

미션 2 위 3개의 문단을 각각 한 문장으로 요약해 아래에 적어 보세요.

　　1문단

　　2문단

　　3문단

미션 3 핵심 단어를 포함하여 글 전체를 한 문장으로 요약해 보세요.

비폭력의 힘, 간디가 실현한 정의

[1문단] 마하트마 간디는 인도의 독립을 이끈 위대한 지도자예요. 간디는 정의를 실현하기 위해 비폭력과 평화를 바탕으로 한 저항 운동을 펼쳤어요. 당시 인도는 영국의 식민지로, 인도 사람들은 억압과 차별을 겪었습니다. 간디는 이를 정의롭지 않다고 여기고 사람들에게 영국의 통치에 맞서 싸울 것을 권유했어요. 하지만 간디는 폭력을 쓰지 않고, 평화롭게 저항해야 한다고 강조했지요.

[2문단] 간디의 비폭력 운동 중 가장 유명한 사건은 소금 행진이에요. 영국은 인도 사람들이 소금을 만드는 것을 금지하고, 과도한 세금을 부과했어요. 이에 간디는 사람들과 함께 바닷가로 가서 직접 소금을 만들며 평화로운 저항 운동을 벌였습니다. 이 사건을 통해 많은 인도 국민들이 간디의 정의로운 움직임에 동참했고, 영국의 부당한 통치에 맞서 싸웠어요.

[3문단] 정의를 위한 간디의 투쟁은 인도의 독립을 이끌어 냈어요. 간디는 비폭력과 평화를 바탕으로 정의를 실현하는 방법을 세상에 알렸고, 많은 사람에게 영감을 주었어요. 간디는 인도의 독립을 이끌어 냈을 뿐만 아니라, 정의를 실현하기 위해 폭력에 의존하지 않고 정의를 실현하는 방법을 제시한 제시한 위대한 지도자였어요.

미션 1 이 글의 핵심 단어를 골라 보세요. ⬚⬚⬚⬚⬚⬚⬚⬚⬚⬚⬚⬚

미션 2 위 3개의 문단을 각각 한 문장으로 요약해 아래에 적어 보세요.

1문단

2문단

3문단

미션 3 핵심 단어를 포함하여 글 전체를 한 문장으로 요약해 보세요.

인종 차별에 맞선 로자 파크스의 용기

[1문단] 1955년 미국에서 로자 파크스라는 여성이 용기 있는 행동으로 정의를 실현했어요. 당시 미국 남부에서는 흑인과 백인 전용 자리가 따로 있을 정도로 인종 차별이 심각했어요. 로자 파크스는 어느 날 버스에서 백인 남성에게 자리를 양보하라는 요구를 받았지만 이를 거부했습니다. 그녀의 거부는 단순히 개인적인 반발이 아닌, 인종 차별에 맞선 정의로운 행동이었어요.

[2문단] 로자 파크스의 저항은 단순한 개인의 행동을 넘어, 미국 전역에서 몽고메리 버스 보이콧 운동으로 이어졌습니다. 흑인들은 정의를 위해, 평등한 대우를 받기 위해 버스를 타지 않고 걷는 방식으로 저항 운동을 벌였고, 이 운동을 1년 넘게 지속한 결과, 마침내 대중교통에서 인종 분리 정책을 없애는 데 성공했지요.

[3문단] 로자 파크스의 용기 있는 행동은 정의를 실현하는 데 중요한 영향을 미쳤어요. 그녀는 단순히 자리를 지키는 것 이상의 행동을 보여 주었고 그 결과 많은 사람들이 권리를 회복할 수 있었어요. 오늘날까지도 로자 파크스의 이야기는 정의를 위해 싸우는 사람들에게 큰 영감을 줍니다.

미션 1 이 글의 핵심 단어를 골라 보세요.

미션 2 위 3개의 문단을 각각 한 문장으로 요약해 아래에 적어 보세요.

1문단

2문단

3문단

미션 3 핵심 단어를 포함하여 글 전체를 한 문장으로 요약해 보세요.

슈바이처의 헌신과 희생

[1문단] 알베르트 슈바이처는 독일의 의사이자 신학자, 음악가로 도덕과 인류애를 실천한 위대한 인물이었어요. 슈바이처는 편안한 생활을 뒤로하고, 의료 지원이 부족한 아프리카 가봉의 랑바레네로 떠나, 그곳에 병원과 의료 시설을 세우며 아픈 사람들을 돌보았습니다.

[2문단] 슈바이처는 의사로서의 역할을 넘어 '생명에 대한 외경'이라는 사상을 통해 모든 생명체를 존중해야 한다고 주장했어요. 그는 인간과 동물, 자연을 구분하지 않고 모든 생명체를 사랑하고 보호했습니다. 그의 도덕적인 삶은 많은 이들에게 큰 감동을 주었고, 이러한 공로를 인정받아 노벨 평화상을 수상하기도 했어요.

[3문단] 슈바이처의 삶은 도덕성이 단순한 생각에 그치는 것이 아니라, 실천을 통해 더 큰 의미가 있다는 것을 보여 줬어요. 그는 자신의 이익을 뒤로하고 고통받는 사람들을 돕는 삶을 살며, 희생적인 행동을 실천했습니다. 슈바이처의 헌신과 희생은 오늘날에도 많은 이들에게 본보기가 되었습니다.

미션 1 이 글의 핵심 단어를 골라 보세요.

미션 2 위 3개의 문단을 각각 한 문장으로 요약해 아래에 적어 보세요.

1문단

2문단

3문단

미션 3 핵심 단어를 포함하여 글 전체를 한 문장으로 요약해 보세요.

세상을 더 나은 곳으로 만드는 힘

[1문단] 도덕이란 인간 사회에서 서로를 존중하고, 옳고 그름을 구별하여 바르게 행동하는 규범과 가치예요. 이는 우리가 일상에서 친구를 돕거나, 타인을 배려하는 행동을 통해 실천할 수 있습니다. 도덕을 지키지 않으면 서로 믿고 의지하며 살아가기 어려워지고, 사회적 신뢰가 무너질 수 있어요.

[2문단] 도덕의 중요성은 자연재해 발생 시 자원봉사자들의 헌신에서도 잘 드러납니다. 지진이나 홍수와 같은 재해가 발생했을 때 많은 자원봉사자들이 자신의 안전을 무릅쓰고 구조 작업에 참여하며, 피해를 입은 사람들을 돕기 위해 노력하지요. 이러한 행동은 도덕적 책임을 다해 실제로 우리의 삶을 변화시킬 수 있다는 것을 보여 줍니다.

[3문단] 도덕은 단지 옳고 그름을 판단하는 규범이 아니라, 우리가 서로를 이해하고 배려하며 함께 살아가는 데 필요한 원칙이기도 해요. 또한 도덕은 우리의 삶과 사회를 더욱 아름답고 평화로운 곳으로 만드는 중요한 힘이 됩니다. 도덕적인 행동을 실천할 때, 우리는 사회의 일원으로서 더 나은 세상을 만들 수 있습니다.

미션 **1** 이 글의 핵심 단어를 골라 보세요.

미션 **2** 위 3개의 문단을 각각 한 문장으로 요약해 아래에 적어 보세요.

1문단

2문단

3문단

미션 **3** 핵심 단어를 포함하여 글 전체를 한 문장으로 요약해 보세요.

은경쌤과 함께 하는 어휘 퀴즈

사회 분야

1. 사회 변화를 위해 자발적으로 모여 다양한 활동을 하는 조직은?

초성힌트 ㅅㅁ ㄷㅊ

_____

2. 사람들이 밀접하게 연결되어 있다고 느끼는 감정은?

초성힌트 ㅇㄷㄱ

_____

3. 어떤 조직이나 집단에 속한 사람은?

초성힌트 ㄱㅅㅇ

_____

4. 자원이나 생산물을 여러 사람이나 집단에게 사회적 법칙에 따라서 나누는 일은?

초성힌트 ㅂㅂ

_____

5. 뜻이 같은 사람들끼리 서로 단결하는 힘은?

초성힌트 ㄱㅅㄹ

_____

6. 공중에서 폭탄을 떨어뜨려 공격하는 것은?

초성힌트 ㅍㄱ

_____

7. 무자비하고 잔인한 행동이나 성질은?

초성힌트 ㅈㅎㅎ

_____

8. 언어의 역사와 구조 등을 연구하는 학문은?

초성힌트 ㅇㅇㅎ

_____

9. 우리가 말을 할 때 사용하는 입, 혀, 성대 등의 신체 부위는?

초성힌트 ㅂㅇ ㄱㄱ

_____

10. 어떤 일을 하게 만드는 힘이나 원천은?

초성힌트 ㅇㄷㄹ

_____

11. 나라 간에 물건을 사고파는 일을 할 때 이용하는 길은?

초성힌트 ⓜⓞⓡ
_____

12. 승부를 결정짓는 싸움은?

초성힌트 ⓖⓩ
_____

13. 지구 온난화를 막기 위해 배출한 탄소의 양을 없애거나 줄이는 것은?

초성힌트 ⓣⓢⓩⓡ
_____

14. 어떤 지역이나 사람을 외부와 교류하거나 접촉할 수 없도록 차단하는 일은?

초성힌트 ⓑⓢ
_____

15. 조선 시대에 실용적인 지식과 기술을 중시했던 학문은?

초성힌트 ⓢⓗ
_____

16. 다른 나라를 공격해 그 나라를 빼앗으려는 행동은?

초성힌트 ⓩⓡ
_____

17. 사람들을 지배하거나 통제하는 공인된 힘은?

초성힌트 ⓖⓡ
_____

18. 어떤 힘에 맞서 싸우거나 반대하는 것은?

초성힌트 ⓩⓗ
_____

19. 모든 사람을 평등하게 사랑하는 마음은?

초성힌트 ⓑⓞ
_____

20. 다른 사람의 자유를 막고, 강제로 억눌러 따르게 하는 것은?

초성힌트 ⓞⓞ
_____

정답 147쪽

과학

과학은 세상이 움직이고 순환하는 자연 현상과 우주의 원리를 탐구하며, 인간의 삶과 기술 발전에 기여하는 다양한 원리를 연구하는 학문이에요. 우리는 에너지와 물질을 비롯해 인공 지능과 같은 혁신 기술을 살펴볼 거예요.

수리

수리는 숫자와 기호를 사용하여 수량과 도형 혹은 그것들의 관계를 다루는 학문으로 우리는 확률, 도형, 측정, 통계를 살펴볼 거예요.

논리

논리는 말이나 글에서 사고와 추리를 알맞게 이끌어 가는 과정을 말해요. 우리는 사고, 추론, 분석, 알고리즘을 살펴볼 거예요.

생명

생명은 동물과 식물이 생물로서 살아 있게 하는 힘을 뜻해요. 생명과 관련한 현상이나 생물의 여러 가지 기능을 알아보며 우리는 생태계, 적응, 생식, 다양성을 살펴볼 거예요.

환경

환경은 생물에게 영향을 주는 자연 조건이나 사회적 상황을 뜻해요. 인간이 사는 지구의 여러 환경 문제를 과학적으로 알아보며 우리는 기후, 재해, 자원, 환경 보호를 살펴볼 거예요.

세상을 밝힌 천재들의 도전

[1문단] 1800년대 전기는 빛과 동력을 생성하는 중요한 자원으로 주목받았지요. 발명가 토머스 에디슨은 전기를 이용해 빛을 내는 전구를 발명했지만, 모든 집에 보급되기까지는 시간이 걸렸어요. 전구를 밝히는 데 필요한 전기를 공급하는 방법이 없었기 때문이에요.

[2문단] 에디슨은 전구뿐만 아니라, 전기를 집까지 전달하는 전력 공급 시스템을 만들기 위해 끊임없이 도전했어요. 하지만 그와 라이벌이던 과학자 니콜라 테슬라가 더 효율적인 교류 전기 방식을 제안했어요. 두 사람은 각자 자신의 전기 시스템이 더 우수하다는 것을 입증하려고 치열하게 경쟁했지요. 두 사람의 경쟁은 '전류 전쟁'으로 불리기도 했습니다.

[3문단] 마침내 테슬라의 교류 전기 방식이 더 안전하고 효율적이라는 것이 입증되었고, 오늘날 우리가 사용하는 대부분의 전기는 테슬라 방식으로 공급돼요. 이로 인해 우리는 집에서 편리하게 전구를 켜고, 다양한 전기 제품을 사용할 수 있지요. 에너지를 이용한 경쟁이 세상을 더 밝고 편리하게 만들어 준 거예요.

미션 1 이 글의 핵심 단어를 골라 보세요.

미션 2 위 3개의 문단을 각각 한 문장으로 요약해 아래에 적어 보세요.

1문단

2문단

3문단

미션 3 핵심 단어를 포함하여 글 전체를 한 문장으로 요약해 보세요.

빛을 모아 전기를 만드는 태양광 패널

[1문단] 2023년 대한민국은 대체 에너지 기술에서 중요한 진전을 이루었어요. 그중 태양광 패널은 태양빛을 받아 전기를 생산하는 장치로, 이를 이용한 새로운 발전소들이 전국 곳곳에 세워졌지요. 태양광 에너지는 석유나 석탄 같은 지구의 자원을 소비하지 않고 전기를 생산하기 때문에, 환경을 보호하는 데 큰 도움이 됩니다.

[2문단] 태양광 패널을 설치하고 운영하는 과정은 쉽지 않았어요. 패널을 설치할 공간도 필요했고, 날씨에 따라 전기 생산량이 달라지는 문제도 있었어요. 하지만 꾸준한 연구와 기술 발전 덕분에 더 많은 전기를 안정적으로 생산할 수 있습니다. 이제는 일반 가정에서도 태양광 패널을 설치해 전기를 생산할 수 있게 되었어요.

[3문단] 태양광 에너지는 미래의 중요한 대체에너지 중 하나로 꼽힙니다. 앞으로 더 많은 사람들이 태양광 패널을 사용하게 될 것이며, 이는 지구 환경을 더욱 깨끗하게 만드는 데 기여할 거예요. 대한민국은 대체 에너지 기술 발전에 앞장서며, 더 나은 미래를 위해 끊임없이 노력하고 있습니다.

미션 1 이 글의 핵심 단어를 골라 보세요.

미션 2 위 3개의 문단을 각각 한 문장으로 요약해 아래에 적어 보세요.

1문단

2문단

3문단

미션 3 핵심 단어를 포함하여 글 전체를 한 문장으로 요약해 보세요.

혁신을 이끈 새로운 물질, 그래핀

[1문단] 2000년대 이후 과학자들은 새로운 물질인 '그래핀'에 주목했어요. 그래핀은 탄소 원자들이 벌집 모양으로 배열된 얇은 막으로, 뛰어난 전기 전도성과 강도를 자랑해요. 그래핀은 스마트폰, 배터리, 우주 탐사 장비에도 활용되며, 다양한 분야에서 혁신적인 변화를 일으켰습니다.

[2문단] 그래핀 개발이 처음부터 쉬웠던 건 아니었어요. 그래핀을 안정적으로 만들고, 대량 생산할 방법을 찾는 데 오랜 시간이 걸렸지요. 하지만 과학자들이 포기하지 않고 연구를 거듭한 끝에 이 특별한 물질을 실생활에 적용할 수 있었어요. 그 결과, 그래핀을 활용한 배터리는 기존의 배터리보다 훨씬 빠르게 충전되고 더 오랫동안 사용할 수 있습니다.

[3문단] 그래핀은 이제 미래의 혁신을 이끌 물질로 자리 잡았어요. 연구자들은 그래핀을 이용해 더 강력하고 효율적인 전자 기기와 에너지 저장 장치를 개발하고 있어요. 앞으로 그래핀은 우리의 생활을 더 편리하게 변화시킬 중요한 자원이 될 거예요.

미션 1 이 글의 핵심 단어를 골라 보세요.

미션 2 위 3개의 문단을 각각 한 문장으로 요약해 아래에 적어 보세요.

1문단

2문단

3문단

미션 3 핵심 단어를 포함하여 글 전체를 한 문장으로 요약해 보세요.

공중에 뜬 기차, 초전도체의 힘

[1문단] 2020년 마침내 일본에서 '초전도체'를 이용한 자기 부상 열차가 실용화되었어요. 초전도체는 전기를 흐르게 할 때 저항이 전혀 생기지 않는 특별한 물질로, 이 물질을 이용하면 전기를 거의 손실 없이 사용할 수 있어요. 또한 강력한 자기장을 만들어 물체를 공중에 띄울 수 있어, 이를 통해 기차가 공중에 떠서 달릴 수 있지요.

[2문단] 초전도체를 이용한 자기부상열차는 기존의 기차보다 훨씬 빠르고 조용해요. 개발 초기에는 초전도체를 극도로 차갑게 만들어야 해서 이 온도를 유지하는 것이 매우 어려웠어요. 연구진들은 이 문제를 해결하기 위해 오랜 시간 실험을 거듭했고, 마침내 실온에서도 작동하는 새로운 초전도체를 개발하는 데 성공했어요.

[3문단] 초전도체는 이제 세상을 바꾸는 중요한 기술로 떠오르고 있습니다. 초전도체 기술 덕분에 미래의 교통수단 혁신이 이루어질 것으로 기대돼요. 이제는 자기 부상 열차뿐만 아니라 전력 공급이나 의료 기기처럼 다양한 분야에서도 초전도체 기술이 활용될 예정이에요.

미션 1 이 글의 핵심 단어를 골라 보세요.

미션 2 위 3개의 문단을 각각 한 문장으로 요약해 아래에 적어 보세요.

1문단

2문단

3문단

미션 3 핵심 단어를 포함하여 글 전체를 한 문장으로 요약해 보세요.

빛의 비밀을 밝힌 뉴턴의 실험

[1문단] 1665년 영국의 과학자 아이작 뉴턴은 빛에 관한 놀라운 실험을 했어요. 뉴턴은 햇빛을 유리 프리즘에 비추었을 때 무지개처럼 여러 색깔로 나뉜다는 사실을 발견했습니다. 이전에는 햇빛이 그저 밝은 빛이라고 생각했지만, 뉴턴은 빛이 여러 색깔의 조합으로 이루어졌다는 것을 증명한 거예요.

[2문단] 빛은 한 물질에서 다른 물질로 이동할 때 방향이 꺾여요. 이러한 '빛의 굴절' 현상을 활용해 뉴턴은 빛이 서로 다른 각도로 굴절하면서 각각의 색이 분리된다는 사실을 발견한 것이지요. 이 실험 덕분에 사람들이 빛에 대해 더 깊이 이해하게 되었고, 이후의 과학자들도 이를 바탕으로 다양한 연구를 할 수 있게 되었어요.

[3문단] 뉴턴의 발견은 현대 과학에 큰 영향을 미쳤습니다. 지금 우리가 보는 모든 색깔은 빛이 어떻게 반사되고, 흡수되는지에 따라 결정된다는 사실도 이때 밝혀진 것이지요. 이러한 빛의 성질을 활용해 오늘날 렌즈, 카메라, 광학 기기처럼 다양한 기술을 개발할 수 있었어요. 빛의 비밀을 푼 뉴턴의 실험은 현대 과학의 발전에 중요한 역할을 했습니다.

미션 **1** 이 글의 핵심 단어를 골라 보세요.

미션 **2** 위 3개의 문단을 각각 한 문장으로 요약해 아래에 적어 보세요.

1문단

2문단

3문단

미션 **3** 핵심 단어를 포함하여 글 전체를 한 문장으로 요약해 보세요.

빛의 혁명, 레이저

[1문단] 1960년 미국의 물리학자 시어도어 메이먼은 세계 최초로 '레이저'를 발명했어요. 우리가 일반적으로 보는 빛은 여러 방향으로 퍼지는데, 레이저는 빛을 특정한 방향으로 똑바로 쏘아서 매우 강하게 만들 수 있었어요. 과학자들은 레이저를 다양한 분야에서 사용할 수 있을 것이라 기대했지요.

[2문단] 레이저는 여러 가지 실험과 도전 끝에 발명되었어요. 처음에는 너무 복잡해서 사람들이 쉽게 사용할 수 없었지만, 기술이 발전하면서 의학, 통신, 산업 등 많은 분야에서 활용되었습니다. 특히 레이저는 아주 작은 부분을 정밀하게 절단할 수 있어 외과 수술에서 큰 역할을 했어요.

[3문단] 레이저는 이제 우리의 일상생활에서도 중요한 역할을 합니다. 우리가 사용하는 DVD 플레이어나 바코드 스캐너에도 레이저 기술이 쓰여요. 빛을 연구하는 과학자들의 끊임없는 도전 덕분에, 레이저는 빛의 힘을 이용해 세상을 더욱 편리하게 만드는 중요한 발명품이 되었어요.

미션 **1** 이 글의 핵심 단어를 골라 보세요.

미션 **2** 위 3개의 문단을 각각 한 문장으로 요약해 아래에 적어 보세요.

　　1문단

　　2문단

　　3문단

미션 **3** 핵심 단어를 포함하여 글 전체를 한 문장으로 요약해 보세요.

파동으로 세상을 움직이다

[1문단] 1880년 미국의 과학자 알렉산더 그레이엄 벨은 소리의 성질을 이용해 전화기를 발명했어요. 그는 소리의 파동이 공기나 물과 같은 매체를 통해 전달된다는 점에 주목했고, 이 파동을 전기 신호로 바꿔 멀리 있는 사람에게 전달하는 방법을 찾아냈습니다. 이 발명 덕분에 사람들의 소통 방식은 완전히 바뀌었어요.

[2문단] 소리는 파동으로 움직이기 때문에 그 전달 속도와 방식은 매체에 따라 달라집니다. 예를 들어 공기 중에서는 소리가 빠르게 전달되지만, 물속에서는 더 느리게 전달돼요. 물은 공기보다 밀도가 높아 소리의 파동이 이동할 때 더 많은 저항을 받기 때문이에요. 벨은 소리가 어떻게 전달되는지를 깊이 연구한 끝에 소리의 속도와 진동을 조절하는 방법을 찾아냈어요.

[3문단] 벨이 전화기를 발명할 수 있었던 건 소리의 성질을 이해한 덕분이었어요. 소리의 진동과 파동이 어떻게 움직이는지를 알게 된 과학자들은 이후 라디오, 텔레비전, 스피커 등 소리와 관련된 다양한 발명품을 만들 수 있었지요. 소리의 성질을 이해함으로써 우리는 더 많은 곳에서, 더 많은 사람과 소통할 수 있게 되었어요.

미션 1 이 글의 핵심 단어를 골라 보세요.

미션 2 위 3개의 문단을 각각 한 문장으로 요약해 아래에 적어 보세요.

1문단

2문단

3문단

미션 3 핵심 단어를 포함하여 글 전체를 한 문장으로 요약해 보세요.

눈으로 볼 수 있는 소리, 초음파

[1문단] 1960년대 의료 분야에서 혁신적인 기술이 개발되었어요. 그것은 바로 '초음파' 기술이에요. 초음파는 사람이 들을 수 없는 아주 높은 주파수의 소리를 이용해 몸속의 장기나 조직을 들여다볼 수 있게 해 줬어요. 이 기술은 처음 도입되었을 때 많은 사람에게 놀라움을 안겨 주었습니다. 이제는 몸을 절개하거나, 방사선을 사용하지 않고도 몸속을 볼 수 있는 방법이 생긴 거예요.

[2문단] 초음파 기술은 처음에는 그리 정밀하지 않았어요. 몸속 장기의 윤곽을 대략 볼 수 있었지만, 세세한 부분을 확인하기는 어려웠지요. 하지만 꾸준한 연구와 기술 개발을 통해 지금은 매우 정밀한 초음파 기기를 사용하여 심장, 간, 심지어 태아의 상태까지 상세하게 확인할 수 있습니다.

[3문단] 초음파 기술은 의료 분야를 넘어, 산업 현장에서도 활용돼요. 건물이나 비행기 내부에 생긴 작은 균열을 찾아내는 데도 쓰이면서 안전 관리에도 중요한 역할을 하지요. 이렇게 초음파 기술은 다양한 분야에서 실용적으로 활용되며 우리 삶의 질을 높이는 데 기여합니다. 앞으로도 기술의 발전과 함께 초음파의 활용 범위는 더욱 넓어질 거예요.

미션 1 이 글의 핵심 단어를 골라 보세요.

미션 2 위 3개의 문단을 각각 한 문장으로 요약해 아래에 적어 보세요.

1문단

2문단

3문단

미션 3 핵심 단어를 포함하여 글 전체를 한 문장으로 요약해 보세요.

현실이 된 민간 우주여행

[1문단] 2021년 세계 최초로 전문 우주인이 아닌 민간인들로 구성된 우주여행을 성공적으로 진행하며 큰 화제를 모았습니다. 이 우주여행은 '스페이스X'라는 기업이 만든 로켓을 타고 4명의 민간인이 3일 동안 우주를 직접 경험한 첫 번째 사건이었어요. 민간인들이 우주에서 돌아온 뒤에도 큰 관심을 받았지요.

[2문단] 우주여행은 처음부터 쉬운 일이 아니었어요. 초기에는 로켓을 한 번만 사용하고 버려야 했기 때문에 발사 비용이 매우 컸고, 우주로 나가고 다시 돌아오는 과정에서 사고가 날 위험이 많았어요. 하지만 여러 번의 도전 끝에 스페이스X는 우주선 재사용 기술을 개발하는 데 성공했어요. 그 중 가장 큰 발전은 우주선이 안전하게 지구로 다시 돌아올 수 있다는 점이었어요.

[3문단] 이 성공적인 우주여행은 우주 관광 시대를 여는 중요한 신호탄이 되었어요. 우주여행은 더 이상 공상 과학 속 이야기가 아닌 현실이 됐습니다. 우주를 바라보며 꿈을 키웠던 사람들이 이제 그 꿈을 직접 실현할 수 있는 시대가 다가왔어요. 앞으로는 더 많은 사람이 우주를 여행할 수 있게 될 거예요.

미션 1 이 글의 핵심 단어를 골라 보세요.

미션 2 위 3개의 문단을 각각 한 문장으로 요약해 아래에 적어 보세요.

1문단

2문단

3문단

미션 3 핵심 단어를 포함하여 글 전체를 한 문장으로 요약해 보세요.

붉은 화성을 향한 화성 탐사선의 도전

[1문단] 2021년 미국의 나사는 '퍼서비어런스'라는 화성 탐사선을 성공적으로 화성에 착륙시켰어요. 퍼서비어런스는 화성의 토양과 대기를 분석하고, 과거에 물이 있었는지, 생명체가 살았을 가능성이 있는지 조사하는 임무를 맡았습니다.

[2문단] 퍼서비어런스 이전에도 여러 탐사선을 화성에 보냈지만 착륙에 실패하거나 목표를 완벽하게 달성하지 못한 경우가 많았어요. 그러나 이번에는 고도의 기술과 철저한 준비 끝에 탐사선이 성공적으로 화성에 착륙할 수 있었지요. 특히 이번 임무에는 탐사선의 작은 드론 '인제뉴이티'도 함께하여 화성의 하늘을 처음으로 나는 데 성공했어요. 이는 화성에서의 비행 기술 발전을 보여 주는 중요한 성과였어요.

[3문단] 퍼서비어런스의 성공은 인류가 화성에 한 발짝 더 가까이 다가가는 계기가 되었어요. 이 탐사선이 수집한 자료들은 앞으로 화성에 사람을 보내는 데 중요한 역할을 할 거예요. 또한 우리가 다른 행성에서 생명체의 흔적을 찾는 것에도 큰 도움이 될 거예요.

미션 1 이 글의 핵심 단어를 골라 보세요.

미션 2 위 3개의 문단을 각각 한 문장으로 요약해 아래에 적어 보세요.

1문단

2문단

3문단

미션 3 핵심 단어를 포함하여 글 전체를 한 문장으로 요약해 보세요.

통신의 새 시대를 연 스푸트니크 1호

[1문단] 1957년 소련은 세계 최초의 인공위성인 '스푸트니크 1호'를 성공적으로 발사했어요. 스푸트니크 1호는 지구 궤도를 돌며 전 세계에 무선 신호를 보냈어요. 인류가 처음으로 우주와 통신을 시작한 순간이었지요. 이 발사는 우주 탐사의 시작을 알리는 상징적인 사건이었습니다.

[2문단] 스푸트니크 1호는 우주에서 지구와 신호를 주고받을 수 있다는 것을 증명했어요. 이 위성은 지구를 하루에도 수십 번 돌며 지구의 상태를 기록하고, 그 정보를 신호로 변환하여 전송했지요. 비록 현재의 기술로는 매우 간단한 신호이지만, 이 신호를 통해 인류는 우주에서 데이터를 주고받을 수 있는 기술을 개발하기 시작했어요. 이 기술은 나중에 더 복잡한 통신 시스템으로 발전하게 되었지요.

[3문단] 스푸트니크 1호의 성공은 우주 탐사뿐만 아니라 현대 통신 기술에도 큰 영향을 주었어요. 현재 우리가 사용하는 위성 TV, GPS, 위성 전화 등은 모두 인공위성을 통해 신호를 주고받는 기술을 기반으로 합니다. 이처럼 스푸트니크 1호의 발사는 우주 탐사뿐만 아니라 현대 사회의 통신 방식을 획기적으로 변화시켰습니다.

미션 1 이 글의 핵심 단어를 골라 보세요.

미션 2 위 3개의 문단을 각각 한 문장으로 요약해 아래에 적어 보세요.

1문단

2문단

3문단

미션 3 핵심 단어를 포함하여 글 전체를 한 문장으로 요약해 보세요.

해킹을 막는 최강 기술, 양자 통신

[1문단] 대한민국은 2035년까지 양자 통신 기술을 상용화하기로 했어요. 양자 통신은 빛의 입자인 '광자'를 이용한 통신 기술로, 기존의 통신 방식보다 훨씬 안전하게 데이터를 주고받을 수 있습니다.

[2문단] 양자 통신 기술을 개발하는 과정은 매우 어려웠어요. 양자 상태는 무척 민감해서 작은 방해에도 통신이 끊어지거나 왜곡될 수 있기 때문이에요. 하지만 과학자들은 여러 번의 연구와 실험을 통해 안정적인 양자 통신망을 구축하는 데 성공했어요. 이는 군사, 금융, 의료 등 보안이 중요한 분야에서 큰 변화를 가져왔고, 더욱 안전한 정보 전달이 가능해졌습니다.

[3문단] 양자 통신의 성공은 정보 보안 분야에서 혁신적인 변화를 일으켰어요. 기존의 통신 시스템은 해킹을 막는 데 한계가 있었지만, 양자 통신은 해킹 시도를 즉시 감지하고 차단할 수 있어요. 이 기술은 데이터의 안전성을 보장하는 데 큰 역할을 하며, 현재는 정보를 완벽하게 보호할 수 있는 미래형 통신 기술로 주목받고 있습니다. 앞으로 더 많은 나라가 양자 통신을 도입한다면 안전한 데이터 통신이 가능한 새로운 시대를 맞이할 거예요.

미션 1 이 글의 핵심 단어를 골라 보세요.

미션 2 위 3개의 문단을 각각 한 문장으로 요약해 아래에 적어 보세요.

1문단

2문단

3문단

미션 3 핵심 단어를 포함하여 글 전체를 한 문장으로 요약해 보세요.

스스로 달리는 자율 주행 자동차

[1문단] 2021년 인공 지능을 탑재한 자율 주행 자동차가 실제 도로에서 성공적으로 운행되었어요. 이 자율 주행 자동차는 운전자가 핸들을 잡지 않아도 스스로 길을 찾아가고, 교통 신호와 장애물을 피하며 안전하게 목적지에 도착했습니다. 인공 지능 덕분에 미래에는 더 안전하고 편리한 교통 시스템을 구축할 수 있다는 기대가 커졌어요.

[2문단] 자율 주행 자동차가 성공적으로 도로를 달리기까지는 매우 복잡한 기술들이 필요했어요. 인공 지능은 차량에 설치된 카메라와 센서를 통해 주변 환경을 실시간으로 파악하며, 수많은 교통 데이터를 분석합니다. 이를 바탕으로 다양한 교통 상황에서도 안전하게 대처할 수 있지요. 이러한 과정은 자동차가 사람처럼 생각하고 결정하는 것과 비슷한 방식으로 이루어집니다.

[3문단] 자율 주행 자동차의 성공은 인공 지능이 교통 분야에서 얼마나 중요한 역할을 할 수 있는지를 보여 줬어요. 이를 통해 교통사고를 줄일 수 있고, 사람들이 더 편안하게 이동할 수 있는 시대가 올 것으로 기대돼요. 앞으로 인공 지능이 더 발전하면 자율 주행 자동차는 더욱 안전하고 효율적으로 운행할 수 있을 거예요.

미션 1 이 글의 핵심 단어를 골라 보세요.

미션 2 위 3개의 문단을 각각 한 문장으로 요약해 아래에 적어 보세요.

1문단

2문단

3문단

미션 3 핵심 단어를 포함하여 글 전체를 한 문장으로 요약해 보세요.

생성형 인공 지능의 명암

[1문단] 최근 생성형 인공 지능이 다양한 창작 분야에서 큰 변화를 일으켰어요. 생성형 인공 지능은 사람들이 원하는 내용을 입력하면 그림을 그리거나 글을 작성해 줍니다. 이 기술 덕분에 많은 사람들이 창작 작업을 더 수월하게 할 수 있게 되었고, 새로운 아이디어를 실현할 수 있게 되었어요.

[2문단] 생성형 인공 지능은 그림과 글뿐만 아니라 영상과 음악 제작에도 활용됩니다. 애니메이션이나 영상을 만들고 음악에서는 멜로디와 가사를 생성하여 창작 작업을 더 간단하고 빠르게 만들어 줍니다. 이처럼 누구나 쉽게 생성형 인공 지능을 활용할 수 있게 되면서 저작권 침해나 불법 딥페이크 영상 제작 등의 문제도 발생했습니다.

[3문단] 이러한 문제를 해결하려면 생성형 인공 지능을 올바르게 사용하기 위한 제도적 장치와 기술적인 보완이 필요합니다. 이를 통해 창작자들의 권리를 보호하고, 인공 지능 기술이 사회적으로 긍정적인 영향을 미칠 수 있도록 함께 고민하고 노력해야 합니다.

미션 1 이 글의 핵심 단어를 골라 보세요.

미션 2 위 3개의 문단을 각각 한 문장으로 요약해 아래에 적어 보세요.

1문단

2문단

3문단

미션 3 핵심 단어를 포함하여 글 전체를 한 문장으로 요약해 보세요.

인류의 4대 발명품 종이

[1문단] 오래전 사람들은 돌이나 나무에 글을 새기거나 파피루스 같은 식물로 만든 재료에 기록을 남겼어요. 하지만 기원전 105년경, 중국에서 종이를 발명하면서 글을 쓰는 방법에 큰 변화가 일어났어요. 종이는 가볍고 생산이 용이하여 기록을 보관하는 데 효율적이며, 대량 생산이 가능해 지식을 더 많은 사람들에게 널리 전달할 수 있었어요.

[2문단] 중국에서 발명한 종이는 그 뒤 전 세계로 퍼져 나갔어요. 사람들은 종이를 이용해 책을 만들었고, 서신을 주고받으며 의사소통을 했어요. 또한 종이는 구텐베르크의 금속 활자 인쇄술과 만나면서 지식과 정보를 더 빠르고 널리 확산할 수 있게 되었어요. 이 덕분에 유럽에서는 르네상스 문화 혁명이 가능해졌고, 인쇄술의 발전은 과학과 예술의 진보를 이끌었어요.

[3문단] 종이의 발명은 지식과 문화를 기록하고 보존하는 데 아주 중요한 역할을 했어요. 오늘날 우리는 책과 신문, 공책 등 다양한 형태로 종이를 사용하며, 여전히 종이는 중요한 정보 전달의 매개체로 자리잡고 있어요. 종이는 인류 문명의 발전을 이끈 중요한 발명품이며, 앞으로도 종이는 다양한 기술과 결합해 새로운 방식으로 활용될 거예요.

미션 1 이 글의 핵심 단어를 골라 보세요.

미션 2 위 3개의 문단을 각각 한 문장으로 요약해 아래에 적어 보세요.

1문단

2문단

3문단

미션 3 핵심 단어를 포함하여 글 전체를 한 문장으로 요약해 보세요.

세상을 움직인 위대한 바퀴

[1문단] 오래전 사람들은 물건을 옮길 때 몸을 사용해 힘들게 들어 옮겼어요. 하지만 기원전 3500년경 바퀴를 발명하면서 세상이 바뀌었습니다. 바퀴 덕분에 사람들은 더 많은 물건을 더 쉽게 운반할 수 있게 되었어요. 그전까지는 돌이나 나무판을 이용해 물건을 옮겼던 사람들이 바퀴 덕분에 훨씬 빠르고 효율적으로 움직일 수 있었지요.

[2문단] 바퀴의 발명은 단순히 물건을 운반하는 데서 그치지 않았어요. 수레와 마차에 바퀴를 달아 먼 곳까지 교류가 가능해졌고, 여러 나라 간의 무역도 활발히 이루어졌어요. 바퀴 덕분에 사람들은 더 많은 것을 배우고 경험하며 문명을 크게 발전시킬 수 있었어요. 더 나아가 바퀴는 오늘날 자동차, 기차, 자전거와 같은 현대적인 이동 수단의 기초가 되었습니다.

[3문단] 바퀴의 발명은 인류 문명에 큰 변화를 가져왔어요. 오늘날 우리가 사용하는 다양한 이동 수단과 기계들은 바퀴가 없었다면 존재할 수 없었을 거예요. 바퀴는 단순해 보이지만 일상 속 모든 움직임을 가능하게 만든 혁명적인 발명품입니다.

미션 1 이 글의 핵심 단어를 골라 보세요.

미션 2 위 3개의 문단을 각각 한 문장으로 요약해 아래에 적어 보세요.

> **1문단**
>
> **2문단**
>
> **3문단**

미션 3 핵심 단어를 포함하여 글 전체를 한 문장으로 요약해 보세요.

미래 의료의 새로운 동반자

[1문단] 2000년 미국의 한 병원에서 아주 특별한 수술이 진행되었어요. 이 수술은 사람이 아닌 기계가 주도했는데 바로 수술 로봇이었습니다. 의사들이 로봇을 조종하긴 했지만, 수술 로봇은 작은 부위와 복잡한 신경 근처에서도 정확하게 움직였어요. 덕분에 실수 없이 안전하게 수술을 마쳤지요.

[2문단] 수술 로봇은 눈으로 볼 수 없는 작은 부위를 확대해서 보여 주고, 미세한 도구를 이용해 손이 닿기 어려운 부위까지 정밀하게 작업했어요. 덕분에 수술은 훨씬 빠르고 안전하게 진행되었습니다. 이를 가능하게 한 것은 로봇에 탑재된 고성능 센서와 카메라, 그리고 의사와 협력해 움직이는 정교한 기술력 덕분이었어요.

[3문단] 수술 로봇의 성공은 의학 기술의 변화를 예고했어요. 앞으로 로봇은 더 많은 분야에서 정교한 수술을 가능하게 도울 거예요. 의사들은 더욱 정밀하고 안정적인 치료를 할 수 있게 되고, 이로 인해 환자들은 더 빠르게 회복할 수 있을 거예요.

미션 1 이 글의 핵심 단어를 골라 보세요.

미션 2 위 3개의 문단을 각각 한 문장으로 요약해 아래에 적어 보세요.

1문단

2문단

3문단

미션 3 핵심 단어를 포함하여 글 전체를 한 문장으로 요약해 보세요.

미래를 만드는 새로운 손길

[1문단] 1990년대 이후 자동차 공장에는 특별한 변화가 일어났어요. 바로 수많은 로봇이 협력하여 자동차를 만들었다는 거예요. 로봇들은 인간처럼 팔과 손을 사용해 정확하게 부품을 조립하고 용접했어요. 덕분에 자동차 생산 속도는 더 빨라졌고, 품질도 크게 향상되었어요. 사람들은 로봇 덕분에 더 안전하고 효율적인 자동차 공장이 만들어졌다고 입을 모았습니다.

[2문단] 이 로봇들은 단순한 기계가 아니에요. 로봇들은 실시간으로 데이터를 분석하고, 문제가 생기면 스스로 판단해 해결할 수 있어요. 예를 들어 부품이 잘못 놓이거나 위치가 어긋났을 때 로봇은 이를 즉시 인식하고 수정해요. 이는 로봇이 사람처럼 생각하고 작업을 처리할 수 있도록 도와주는 인공 지능 기술 덕분이에요.

[3문단] 로봇은 자동차 공장뿐만 아니라 여러 산업에서 커다란 변화를 일으켰어요. 이제 로봇은 더 복잡한 작업도 척척 해내고, 사람이 하기 위험한 일도 안전하게 처리해요. 로봇이 산업에서 이렇게 중요한 역할을 하면서 사람들은 더 안전하고 효율적인 환경에서 일할 수 있게 되었습니다. 미래에는 로봇이 더 다양한 분야에서 활약할 거예요.

미션 1 이 글의 핵심 단어를 골라 보세요.

미션 2 위 3개의 문단을 각각 한 문장으로 요약해 아래에 적어 보세요.

1문단

2문단

3문단

미션 3 핵심 단어를 포함하여 글 전체를 한 문장으로 요약해 보세요.

디지털 기술의 두 얼굴

[1문단] 코로나19는 우리의 일상에 많은 변화를 가져 왔어요. 특히 디지털 기술 덕분에 여러 방면에서 편리함을 경험할 수 있었지요. 화상 회의 소프트웨어 덕분에 사람들이 집에서도 원격으로 업무와 학습을 할 수 있었습니다. 또한 외출 없이도 비대면 진료, 온라인 쇼핑 등으로 필요한 의약품과 물품을 쉽게 구할 수 있었지요.

[2문단] 그러나 디지털 기술의 급격한 확산은 새로운 문제들도 불러일으켰습니다. 디지털 의존도가 높아지며 신체 피로와 집중력 감소, 개인 정보 유출 등의 문제도 발생했어요. 특히 디지털 접근성의 차이로 인해 사회적 격차가 더욱 심화되기도 했습니다.

[3문단] 미래에는 디지털 기술의 장점을 유지하면서, 그로 인한 부작용을 최소화할 방법을 찾아야 할 거예요. 이를 위해서는 디지털 기술의 접근성을 높이고, 개인 정보 보호를 강화하는 노력이 필요하지요. 또한 디지털 기술에 대한 교육과 리터러시를 통해 모든 사람이 그 혜택을 고루 누릴 수 있도록 해야 합니다.

미션 1 이 글의 핵심 단어를 골라 보세요.

미션 2 위 3개의 문단을 각각 한 문장으로 요약해 아래에 적어 보세요.

1문단

2문단

3문단

미션 3 핵심 단어를 포함하여 글 전체를 한 문장으로 요약해 보세요.

데이터를 안전하게 지키는 블록체인

[1문단] 2017년 한 온라인 게임에서 데이터 변조와 해킹에 의해 아이템 거래 시스템이 마비되는 사건이 발생했어요. 이를 해결하기 위해 게임 회사는 블록체인 기술을 도입했습니다. 블록체인은 데이터를 여러 곳에 분산 저장하여 보안을 강화하는 기술로, 이를 통해 안전한 거래 환경을 제공할 수 있었습니다.

[2문단] 블록체인 기술은 데이터를 중앙에서 관리하지 않고 여러 곳에 분산하여 저장하는 방식이에요. 게임 속 아이템을 사고팔 때, 모든 거래 내역이 여러 서버에 동시에 기록되기 때문에 해킹이나 데이터 변조의 위험이 크게 줄어듭니다. 이러한 방식 덕분에 거래의 신뢰성이 높아졌고, 게임뿐만 아니라 금융, 물류, 의료 등 다양한 분야에서 블록체인 기술이 활용되기 시작했어요.

[3문단] 블록체인의 등장은 디지털 시대에 새로운 가능성을 열어 주었습니다. 이제 우리는 더 안전하게 금융 거래를 할 수 있고, 중요한 정보를 주고받을 수 있어요. 이 기술이 더욱 발전하면, 사람들은 더욱 신뢰할 수 있는 환경에서 다양한 활동을 할 수 있을 거예요. 특히 복잡한 계약이나 국제 거래에서 블록체인의 장점이 더욱 두드러질 것으로 기대됩니다.

미션 1 이 글의 핵심 단어를 골라 보세요.

미션 2 위 3개의 문단을 각각 한 문장으로 요약해 아래에 적어 보세요.

　　1문단

　　2문단

　　3문단

미션 3 핵심 단어를 포함하여 글 전체를 한 문장으로 요약해 보세요.

일상생활 속에서 만난 확률

[1문단] 어느 날 민수는 학교에 가면서 우산을 챙길지 말지 고민했어요. 확률은 어떤 일이 일어날 가능성을 수치로 표현한 것인데, 날씨 예보에 따르면 이 날 비가 올 확률은 30%였습니다. 민수는 비가 올 확률이 낮다고 판단하고 우산을 챙기지 않았어요. 그러나 학교에 도착하자마자 비가 내리기 시작했지요. 그제야 민수는 확률이 항상 정확하지는 않는다는 것을 깨달았습니다.

[2문단] 그날 수업 시간에 선생님은 날씨 예보의 확률에 대해 설명해 주셨어요. 즉, 30%의 확률이라는 것은 10번 중 3번 정도는 비가 올 가능성이 있지만, 나머지 7번은 비가 오지 않을 가능성이 크다는 거예요. 민수는 그제야 확률이 실제로 어떻게 작용하는지 더 잘 이해할 수 있었습니다.

[3문단] 민수의 이야기를 통해 우리는 일상생활에서 얼마나 자주 확률을 접하는지 알 수 있어요. 복권을 살 때, 축구 경기를 예측할 때, 날씨를 확인할 때도 확률을 활용하지요. 중요한 것은 확률이 '가능성'을 의미한다는 거예요. 확률은 예측을 가능하게 하지만, 실제 결과는 예상과 다를 수 있다는 점에서 흥미롭습니다. 우리가 예상한 대로 일이 흘러가지 않을 수도 있지만, 그것이 바로 확률의 매력이 아닐까요?

미션 1 이 글의 핵심 단어를 골라 보세요.

미션 2 위 3개의 문단을 각각 한 문장으로 요약해 아래에 적어 보세요.

> 1문단
>
> 2문단
>
> 3문단

미션 3 핵심 단어를 포함하여 글 전체를 한 문장으로 요약해 보세요.

가위바위보에서 이길 확률

[1문단] 민수는 친구들과 아이스크림을 걸고 가위바위보 게임을 하기로 했어요. 가위바위보는 이길 확률이 33.3%인 게임이지만, 상대방의 패턴에 따라 이 확률은 달라질 수 있어요. 예를 들어 친구가 첫 판에서 반복해서 바위를 낸다면, 이를 잘 파악하고 보를 내면 아이스크림을 얻을 확률이 높아지겠지요.

[2문단] 이렇게 가위바위보 게임에서 상대방의 패턴을 잘 관찰하면 이길 확률을 높일 수 있어요. 확률은 고정된 것이 아니라, 상황과 상대방의 행동에 따라 변할 수 있어요. 그래서 단순히 운에만 맡기는 것이 아니라, 상대를 잘 관찰하는 것이 중요해요.

[3문단] 생활 속에서 확률은 게임뿐만 아니라 여러 상황에서 활용될 수 있어요. 우리가 시험에서 답을 찍을 때나, 상대방의 행동을 예측할 때도 확률이 작용합니다. 재미있는 점은 확률이 고정된 것이 아니라는 거예요. 상황을 분석하고, 상대방의 행동을 관찰하면 그 확률을 바꿀 수 있을 거예요. 이 사실을 알면 더욱 흥미로운 전략을 세울 수 있을 거예요.

미션 **1** 이 글의 핵심 단어를 골라 보세요.

미션 **2** 위 3개의 문단을 각각 한 문장으로 요약해 아래에 적어 보세요.

1문단

2문단

3문단

미션 **3** 핵심 단어를 포함하여 글 전체를 한 문장으로 요약해 보세요.

피라미드가 무너지지 않는 이유

[1문단] 약 4,500년 전에 만들어진 피라미드는 삼각형 형태의 건축물이에요. 당시 사람들은 건축물의 높이와 안정성을 모두 고려해 삼각형의 튼튼한 특성을 활용한 것이지요. 피라미드가 오늘날까지 남아 있을 수 있었던 이유는 바로 이 삼각형 모양 덕분입니다. 삼각형 구조는 무게를 고르게 분산시켜 오랜 시간 동안 무너지지 않고 형태를 유지할 수 있게 해 줍니다.

[2문단] 로마 시대에는 피라미드와 달리 원형 구조가 중요한 역할을 했어요. 그 대표적인 예로 콜로세움이 있지요. 로마 사람들은 원형 구조의 원리를 활용해 큰 경기장을 효율적으로 사용했어요. 원형 구조는 균형을 잘 잡아 주기 때문에, 수많은 관중이 모여도 안정적으로 지탱할 수 있었고, 그 덕분에 콜로세움은 오늘날까지도 인상 깊은 건축물로 남아 있습니다.

[3문단] 피라미드를 비롯해 역사 속에서 다양한 도형의 원리는 중요한 역할을 했어요. 삼각형의 안정성, 원형의 균형, 사각형의 효율성은 인류 문명을 발전시키는 데 큰 도움이 되었습니다. 오늘날에도 건축가와 과학자들은 도형의 원리를 활용해 더 멋진 세상을 만들기 위해 노력하고 있습니다.

미션 **1** 이 글의 핵심 단어를 골라 보세요.

미션 **2** 위 3개의 문단을 각각 한 문장으로 요약해 아래에 적어 보세요.

1문단

2문단

3문단

미션 **3** 핵심 단어를 포함하여 글 전체를 한 문장으로 요약해 보세요.

벌집이 육각형인 진짜 이유

[1문단] 1960년대 과학자들은 벌집의 모양이 왜 육각형인지 알고 싶었어요. 다양한 도형 중에서 왜 하필 육각형이 벌집 구조로 가장 적합한지 알아내기 위해 연구했지요. 그 결과 육각형이 공간을 가장 효율적으로 나누는 도형이라는 것이 밝혀졌어요. 육각형은 작은 공간에서 최대한 많은 벌이 꿀을 저장할 수 있게 도와주기 때문이에요.

[2문단] 또 다른 사례로 축구공을 들 수 있어요. 축구공의 표면은 주로 육각형과 오각형으로 이루어져 있는데, 이 중에서도 육각형이 중요한 역할을 하지요. 육각형의 배열은 축구공을 부드럽고 둥글게 만들어 주며, 강한 힘을 견디고, 안정성을 유지하게 해 줍니다. 과학자들은 이 구조에서 영감을 받아 육각형을 활용한 새로운 물질과 도형을 연구하고 있어요.

[3문단] 탄소 나노 튜브, 그래핀과 같이 육각형은 과학 분야에서 매우 유용하게 사용돼요. 이처럼 육각형은 자연에서부터 인공적인 기술에 이르기까지 여러 분야에서 중요한 역할을 하며, 물질의 특성과 효율성을 개선하는 데 큰 영향을 미칩니다. 앞으로도 육각형의 원리를 잘 이해하면 더 많은 과학적 성과를 기대할 수 있을 거예요.

미션 **1** 이 글의 핵심 단어를 골라 보세요.

미션 **2** 위 3개의 문단을 각각 한 문장으로 요약해 아래에 적어 보세요.

1문단

2문단

3문단

미션 **3** 핵심 단어를 포함하여 글 전체를 한 문장으로 요약해 보세요.

탐험에서 활약하는 측정 기술

[1문단] 1960년대 인류가 달 탐사를 계획하였을 때, 우주 비행사들은 달의 중력을 정확하게 측정해야 했어요. 달의 중력은 지구와 다르게 작용하기 때문에 지구에서처럼 걷는다면 아주 작은 동작에도 더 높이 떠올라 위험할 수 있었어요. 과학자들은 달의 중력값을 정밀하게 측정하고 이를 바탕으로 달 탐사 계획을 세워 안전하게 작업을 수행할 수 있었습니다.

[2문단] 18세기 바다 항해에서는 시간을 정확하게 측정하는 방법을 찾아야 했어요. 당시 항해사들은 지구의 경도를 정확하게 알지 못해 항로를 벗어나는 일이 많았어요. 하지만 영국의 존 해리슨이라는 발명가가 '해상 시계'를 개발하면서 항해 중에도 정확한 시간을 측정할 수 있었고, 이를 통해 배의 위치를 파악할 수 있었습니다.

[3문단] 이처럼 측정 기술은 과학 발전에 매우 중요한 역할을 해요. 시간을 정확하게 측정하는 것부터 달에서의 중력을 측정하는 것까지, 우리가 모험을 떠날 때는 정확한 측정값이 필요합니다. 앞으로도 측정 기술의 발전은 미래 과학을 이끄는 중요한 원동력이 될 거예요.

미션 1 이 글의 핵심 단어를 골라 보세요.

미션 2 위 3개의 문단을 각각 한 문장으로 요약해 아래에 적어 보세요.

1문단

2문단

3문단

미션 3 핵심 단어를 포함하여 글 전체를 한 문장으로 요약해 보세요.

잘못된 측정이 부른 대형 사고

[1문단] 1999년 나사가 화성 탐사선 '마스 클라이미트 오비터'를 발사하며 큰 기대를 모았어요. 이 탐사선은 화성의 기후를 연구할 예정이었지요. 하지만 화성 궤도에 진입하자 갑자기 연락이 끊겼는데 그 이유는 '측정 오류' 때문이었어요. 측정 오류는 잘못된 단위나 계산을 사용하는 것을 뜻해요. 탐사선 제작사와 나사가 사용하는 단위가 달라 탐사선은 잘못된 궤도로 진입했고, 화성의 대기권에서 높은 압력과 마찰을 견디지 못해 불타 버렸습니다.

[2문단] 이 사건은 작은 측정 오류가 예상하지 못한 결과를 불러올 수 있다는 것을 보여 줬어요. 탐사선은 국제 표준인 미터법 대신 야드파운드법을 사용했기 때문에 정확한 계산이 이루어지지 않은 거예요. 이로 인해 탐사선은 안전하게 궤도에 진입하지 못했습니다. 이 작은 실수로 인해 1억 2,500만 달러의 예산이 낭비되었어요.

[3문단] 이 사건 이후로 과학자들은 측정의 중요성을 다시 한번 깨달았어요. 모든 과정에서 더 정확한 계산과 확인이 필요하다는 교훈을 얻었습니다. 이처럼 정확한 측정은 과학의 발전 과정에서도 계속해서 주의를 기울여야 할 중요한 사항입니다.

미션 1 이 글의 핵심 단어를 골라 보세요.

미션 2 위 3개의 문단을 각각 한 문장으로 요약해 아래에 적어 보세요.

　　1문단

　　2문단

　　3문단

미션 3 핵심 단어를 포함하여 글 전체를 한 문장으로 요약해 보세요.

콜레라를 막은 통계

[1문단] 1854년 런던에 콜레라가 발생했을 때, 사람들은 그 이유를 알지 못했어요. 당시 의사였던 존 스노우는 통계를 이용해 전염병의 원인을 추적했어요. 그는 환자들이 어디에 살고, 어떤 음식을 먹었는지 정보를 수집하고 분석했지요. 그 결과 콜레라에 감염된 환자들이 모두 같은 우물에서 물을 마셨다는 사실을 알게 됐어요.

[2문단] 존 스노우는 단순히 의학 지식만으로 콜레라의 원인을 찾은 것이 아니었어요. 그는 수많은 사람들의 생활 습관, 거주지, 물을 마시는 장소 등의 정보를 체계적으로 정리하고 분석했어요. 여러 요소들을 정리해 비교하여 특정 우물에서 물을 마신 사람들이 콜레라에 걸렸다는 공통점을 발견한 것이지요. 이러한 과정은 통계의 힘을 잘 보여 줍니다.

[3문단] 이 사건은 통계가 단순한 숫자의 나열에 그치지 않고, 실제로 문제 해결에 중요한 역할을 한다는 것을 증명했습니다. 오늘날에도 우리는 통계를 기반해 의사 결정을 합니다. 통계는 방대한 자료를 분석해 문제의 원인을 파악하고, 해결책을 제시하는 도구로 작용하며, 더욱 합리적인 결정을 내리는 데 큰 도움을 줍니다.

미션 **1** 이 글의 핵심 단어를 골라 보세요.

미션 **2** 위 3개의 문단을 각각 한 문장으로 요약해 아래에 적어 보세요.

> **1문단**
>
> **2문단**
>
> **3문단**

미션 **3** 핵심 단어를 포함하여 글 전체를 한 문장으로 요약해 보세요.

숫자로 본 청소년의 식습관

[1문단] 청소년기는 몸과 마음이 빠르게 성장하는 중요한 시기입니다. 이 시기의 식습관은 성장과 건강에 큰 영향을 미치기 때문에 올바른 식습관을 유지하는 것이 중요해요. 식습관이란 우리가 음식을 섭취하는 방식이나 습관을 의미합니다. 그러나 요즘 많은 학생이 바쁜 학업과 일상 속에서 제대로 된 식사를 하지 못한다고 해요.

[2문단] 최근 조사에 따르면 10대 청소년 중 40%가 하루에 채소를 먹지 않으며, 30% 이상은 매일 인스턴트 음식을 섭취한다고 해요. 이 통계를 통해 청소년들이 간편하게 먹을 수 있는 음식을 선호하며, 건강한 식습관을 갖기 어렵다는 것을 알 수 있어요. 이런 식습관은 비만, 당뇨병, 심혈관 질환 등 여러 가지 건강 문제를 일으킬 수 있습니다.

[3문단] 이러한 식습관에 대한 통계는 우리가 어떤 음식을 주로 섭취하는지, 그리고 그로 인해 발생할 수 있는 건강 문제를 명확히 보여 주어 이를 파악하고 개선하는 데 중요한 역할을 해요. 이 통계를 통해 우리는 자신의 식습관을 되돌아보고, 건강한 삶을 위해 필요한 변화가 무엇인지 고민해야 합니다.

미션 1 이 글의 핵심 단어를 골라 보세요.

미션 2 위 3개의 문단을 각각 한 문장으로 요약해 아래에 적어 보세요.

1문단

2문단

3문단

미션 3 핵심 단어를 포함하여 글 전체를 한 문장으로 요약해 보세요.

한 사람의 질문이 세상을 바꾸다

[1문단] 1666년 아이작 뉴턴이라는 과학자가 사과나무 아래에서 생각에 잠겼어요. 그때 사과가 떨어지는 모습을 본 뉴턴은 '왜 사과는 하늘로 날아가지 않고 땅으로 떨어질까?'라는 질문을 떠올렸지요. 이 질문을 통해 뉴턴은 '중력'이라는 중요한 과학 법칙을 발견했어요. 뉴턴의 사고력 덕분에 우리는 세상을 이해하는 중요한 지식을 얻게 되었습니다.

[2문단] 사고력이란 문제를 해결하기 위해 관찰하고, 생각하고, 실험하는 능력을 말해요. 뉴턴이 중력을 발견한 것은 사과가 떨어지는 이유를 곰곰이 생각하고 실험한 결과였어요. 이처럼 사고력은 과학 발전에 큰 영향을 미쳤고, 우리 삶에서 매우 중요한 역할을 합니다.

[3문단] 뉴턴의 사례는 우리에게 사고력의 중요성을 잘 보여 줘요. 작은 질문 하나가 세상을 바꾸고, 깊은 사고가 미래를 변화시킬 수 있다는 것을요. 여러분도 뉴턴처럼 궁금한 점에 대해 끊임없이 생각하고, 사고력을 발휘한다면, 놀라운 발견을 할 수 있을 거예요.

미션 1 이 글의 핵심 단어를 골라 보세요.

미션 2 위 3개의 문단을 각각 한 문장으로 요약해 아래에 적어 보세요.

1문단

2문단

3문단

미션 3 핵심 단어를 포함하여 글 전체를 한 문장으로 요약해 보세요.

확실한 결론을 향한 연역적 사고

[1문단] 399년 고대 그리스의 철학자 소크라테스는 재판 중에 중요한 논리를 펼쳤어요. 그는 '모든 사람은 죽는다'라는 명제를 제시하고, '소크라테스는 사람이다'라는 사실을 덧붙였지요. 그리고 마지막으로 '그렇다면 소크라테스도 죽는다'라는 결론을 이끌어 냈어요. 이처럼 이미 일반적인 사실이나 원리를 전제로 결론을 이끌어 내는 사고방식을 우리는 '연역적 사고'라고 불러요.

[2문단] 연역적 사고는 명확한 사실이나 원리를 바탕으로 논리적이고 확실한 결론을 이끌어 내는 방법이에요. 소크라테스는 '모든 사람은 죽는다'라는 일반적인 사실과 자신이 사람이라는 사실을 결합해서 자신도 결국 죽는다는 결론을 도출했지요. 즉, 연역적 사고는 이미 알려진 사실을 기초로, 그것을 특정 상황에 적용해 확실한 결론을 내리는 방식이에요.

[3문단] 연역적 사고는 일상생활에서도 유용하게 쓰일 수 있어요. 예를 들어 '비가 오면 우산을 써야 한다'는 사실을 알고 있다면, 하늘이 흐리고 비가 오는 상황에서 우산을 써야 한다는 결론을 쉽게 내릴 수 있지요. 연역적 사고는 복잡한 문제를 해결하고, 논리적이고 정확한 결론을 내리는 데 중요한 역할을 합니다.

미션 1 이 글의 핵심 단어를 골라 보세요.

미션 2 위 3개의 문단을 각각 한 문장으로 요약해 아래에 적어 보세요.

  1문단

  2문단

  3문단

미션 3 핵심 단어를 포함하여 글 전체를 한 문장으로 요약해 보세요.

작은 단서를 모아 밝혀낸 진실

[1문단] 1890년대 영국 런던에서 연쇄 절도 사건이 발생했어요. 여러 건의 절도 사건이 있었지만, 범인을 잡을 수 없었지요. 사건 현장에 도착한 탐정은 작은 단서들을 꼼꼼히 살펴본 뒤, 그 단서들을 토대로 사건의 경위를 추론해 나갔어요. 발자국의 크기와 방향을 분석해 범인의 키와 이동 경로를 추리했지요. 이렇게 작은 단서로부터 결론을 이끌어내는 과정을 '추론'이라고 합니다.

[2문단] 탐정은 사건 현장에서 발견한 단서를 모아 하나하나 분석했어요. 발자국뿐만 아니라 떨어진 물건, 심지어 방 안에 놓인 책의 위치까지 모든 요소가 사건을 해결할 실마리가 되었어요. 탐정은 이러한 단서를 바탕으로 '범인은 키가 크고, 범죄 현장 근처에 사는 사람'이라는 결론을 도출했지요.

[3문단] 추론은 작은 단서들을 모아 그로부터 큰 결론에 이르는 사고 과정으로 일상생활에서도 자주 사용됩니다. 예를 들어 집에 돌아와서 물건이 다른 곳에 놓여 있거나 바닥이 축축하게 젖어 있다면, '누군가 집에 들어와서 물건을 옮겼구나.' 혹은 '물을 흘린 걸 보니 누군가 마셨겠지.'라는 결론에 이를 수 있지요. 추론의 과정은 작은 정보들을 바탕으로 사건의 흐름을 이해하고, 문제를 해결하는 중요한 사고방식입니다.

미션 1 이 글의 핵심 단어를 골라 보세요.

미션 2 위 3개의 문단을 각각 한 문장으로 요약해 아래에 적어 보세요.

> **1문단**
>
> **2문단**
>
> **3문단**

미션 3 핵심 단어를 포함하여 글 전체를 한 문장으로 요약해 보세요.

수많은 목숨을 구한 파스퇴르의 실험

[1문단] 1850년대 독일의 의사 루이 파스퇴르는 미생물이 병을 일으킨다는 이론을 실험을 통해 증명하려고 했어요. 그는 끓인 액체를 두 개의 플라스크에 넣고, 하나는 밀폐하고 다른 하나는 개방한 후에 관찰했어요. 놀랍게도 개방한 플라스크에는 미생물이 자랐고, 밀폐한 플라스크에는 미생물이 생기지 않았어요. 이 실험은 질병이 저절로 생기는 것이 아니라 미생물이 원인이라는 것을 증명했지요.

[2문단] 파스퇴르의 실험은 매우 중요한 과학적 증명의 과정이었어요. 그는 끓인 액체가 미생물에 오염되지 않도록 보호하면 병이 생기지 않는다는 사실을 발견했지요. 이 과정에서 파스퇴르는 먼저 이론을 세우고, 실험을 통해 이를 검증하여 이론을 증명했어요. 이런 식의 과학적 증명 과정은 명확한 실험과 관찰을 통해 이루어집니다.

[3문단] 파스퇴르의 실험은 세균에 의해 병이 발생한다는 '세균설'을 확립했어요. 이로 인해 우리는 위생과 살균의 중요성을 알게 되었고, 많은 질병을 예방할 수 있었지요. 이처럼 과학적 증명은 우리의 건강과 생활에 큰 영향을 미치는 중요한 과정이에요.

미션 1 이 글의 핵심 단어를 골라 보세요.

미션 2 위 3개의 문단을 각각 한 문장으로 요약해 아래에 적어 보세요.

1문단

2문단

3문단

미션 3 핵심 단어를 포함하여 글 전체를 한 문장으로 요약해 보세요.

인류를 살린 푸른곰팡이, 페니실린

[1문단] 1928년 영국의 과학자 알렉산더 플레밍은 실험실에서 뜻밖의 사실을 발견했어요. 그는 세균을 키우는 접시 위에 곰팡이가 자란 것을 보고, 그 주변의 세균이 모두 죽어 있다는 사실을 알게 되었어요. 플레밍은 이 곰팡이가 세균을 죽이는 물질을 분비한다는 사실을 알아냈어요. 이 발견은 '페니실린'이라는 항생제의 개발로 이어졌고, 수많은 사람의 생명을 구했어요.

[2문단] 플레밍의 발견은 단순한 우연이 아니라 그의 철저한 분석 덕분에 가능했습니다. 그는 세균과 곰팡이가 상호 작용하는 방식을 면밀히 관찰하고, 곰팡이가 분비한 물질을 분석했어요. 그 결과, 이 물질이 세균을 죽이는 효과가 있다는 것을 알아냈고, 이를 바탕으로 페니실린을 개발할 수 있었지요.

[3문단] 분석은 작은 정보를 체계적으로 조사하고, 그 속에서 의미를 찾아내는 과정으로 일상생활에서도 무척 유용해요. 수학 문제를 풀 때도 여러 조건을 분석해 답을 찾아내고, 스포츠 경기에서는 상대 팀의 전략을 분석해 승리할 방법을 찾아내지요. 이렇게 분석을 통해 우리는 문제를 더 깊이 이해하고, 더 나은 해결책을 찾을 수 있습니다.

미션 1 이 글의 핵심 단어를 골라 보세요.

미션 2 위 3개의 문단을 각각 한 문장으로 요약해 아래에 적어 보세요.

1문단

2문단

3문단

미션 3 핵심 단어를 포함하여 글 전체를 한 문장으로 요약해 보세요.

작은 단서로 암호를 해독한 천재

[1문단] 1940년대 제2차 세계 대전이 한창일 때, 연합군은 독일군의 비밀 암호를 해독하려고 노력했어요. 암호란 정보를 보호하기 위해 특정한 당사자들만 알 수 있도록 변형한 메시지로 연합군이 독일군의 암호를 해독하지 못하면 그들의 군사 계획을 알 수 없었기에 매우 중요한 작업이었지요. 이때 영국의 수학자 앨런 튜링이 암호 해독기를 발명하며 중요한 역할을 했습니다.

[2문단] 튜링은 독일군의 암호가 날마다 조금씩 바뀐다는 사실을 발견하고, 암호의 규칙을 분석했습니다. 그는 암호화된 메시지에서 반복되는 양식을 찾아내고, 매일 변하는 요소들을 체계적으로 분석하여 암호 해독의 원리를 밝혀냈지요. 이처럼 암호를 해독하려면 데이터를 정리하고 숨겨진 규칙을 찾아내는 과정이 필요해요.

[3문단] 암호는 전쟁에서 중요한 정보를 보호하는 데 사용될 뿐만 아니라, 우리 일상에서도 다양하게 활용돼요. 비밀번호를 통해 개인 정보를 보호하거나, 인터넷에서 데이터를 안전하게 주고받을 때도 암호가 사용되지요. 암호를 이해하고 해독하는 능력은 보안을 강화하고, 문제를 해결하는 데 중요한 역할을 합니다.

미션 **1** 이 글의 핵심 단어를 골라 보세요.

미션 **2** 위 3개의 문단을 각각 한 문장으로 요약해 아래에 적어 보세요.

    1문단

    2문단

    3문단

미션 **3** 핵심 단어를 포함하여 글 전체를 한 문장으로 요약해 보세요.

복잡한 문제를 풀어내는 숨겨진 규칙

[1문단] 2012년 한 배송 회사는 수천 개의 배송지 경로를 어떻게 하면 가장 빠르게 처리할 수 있을지 고민했어요. 날마다 수많은 상품을 배달하는 업무에서 비효율적인 경로를 선택하면 시간과 비용이 크게 늘어나기 때문에, 최적의 경로를 찾는 것이 매우 중요했습니다. 이 문제를 해결하기 위해 전문가들은 '알고리즘'을 활용한 시스템을 개발했어요.

[2문단] 알고리즘이란 문제를 해결하기 위해 정해진 규칙에 따라 순서대로 처리하는 절차나 방법을 말해요. 알고리즘은 복잡한 문제를 해결하는 데 아주 유용해요. 이 배송 회사는 알고리즘을 통해 여러 데이터를 분석하여 배송지 간 최단 거리를 계산하고, 수많은 경우의 수를 고려해 가장 적은 시간을 소비하는 경로를 선택할 수 있었습니다. 알고리즘은 이렇게 복잡한 문제를 빠르고 정확하게 해결할 수 있도록 도와줘요.

[3문단] 알고리즘은 우리의 일상생활에서도 다양한 방식으로 활용돼요. 예를 들어 마트에서 가장 빨리 계산할 수 있는 계산대를 선택하는 것도 알고리즘을 통해 이루어져요. 알고리즘 덕분에 우리는 복잡한 문제를 쉽게 해결하고, 더 편리한 생활을 누릴 수 있습니다.

미션 1 이 글의 핵심 단어를 골라 보세요.

미션 2 위 3개의 문단을 각각 한 문장으로 요약해 아래에 적어 보세요.

1문단

2문단

3문단

미션 3 핵심 단어를 포함하여 글 전체를 한 문장으로 요약해 보세요.

알고리즘의 유혹에 빠진 사람들

[1문단] SNS란 소셜 네트워크 서비스로 온라인에서 사람들과 소통하고 정보를 공유하는 플랫폼이에요. 최근 SNS는 알고리즘을 이용해 사용자가 관심을 가질 만한 게시물을 자동으로 추천해 사용이 더 편리해졌어요. 하지만 이러한 알고리즘은 가끔 부작용을 일으키기도 해요. 예를 들어 인터넷에서 한번 검색한 상품을 계속 추천해서 불필요한 물건까지 사고 싶어지게 하지요.

[2문단] SNS에서도 비슷한 부작용이 있어요. 알고리즘은 우리가 좋아할 만한 게시물만 자꾸 보여 주기 때문에 스마트폰을 손에서 놓지 못하게 만들어요. 재미있는 동영상이나 친구들의 사진을 계속 보여 주면서 SNS에 더 많은 시간을 쓰게 만들지요.

[3문단] SNS는 우리 일상을 더 즐겁게 만들어 주지만, 과도하게 사용하면 불편을 초래할 수 있어요. 알고리즘의 부작용을 줄이기 위해서는 우리가 스스로 SNS 사용을 조절하는 것이 중요해요. 필요 없는 물건은 사지 않도록 신중히 생각하고, SNS를 사용할 때도 시간을 정해두는 것이 좋아요.

미션 1 이 글의 핵심 단어를 골라 보세요.

미션 2 위 3개의 문단을 각각 한 문장으로 요약해 아래에 적어 보세요.

1문단

2문단

3문단

미션 3 핵심 단어를 포함하여 글 전체를 한 문장으로 요약해 보세요.

서로 이어진 자연의 연결고리

[1문단] 어느 마을의 작은 호수에서 갑자기 물고기들이 하나둘씩 사라졌어요. 마을 사람들은 왜 이런 일이 일어나는지 의아해했지요. 알고 보니, 호수 주변의 나무들이 잘려 나가면서 물고기의 먹이인 작은 곤충들이 줄어들었어요. 나무가 사라지니 곤충들이 줄어들었고, 그로 인해 물고기들이 먹이를 구할 수 없게 된 것이었어요.

[2문단] 이 호수에서 벌어진 일은 생태계의 원리를 잘 보여 줘요. 생태계란 나무나 곤충, 물고기와 같이 생물들이 서로 영향을 주고받으며 살아가는 환경을 말해요. 나무가 사라지면 곤충들이 줄어들고, 그 곤충을 먹이로 삼는 물고기도 영향을 받아요. 이처럼 생태계는 작은 변화라도 생태계 전체에 큰 영향을 미칠 수 있고, 사람 역시 생태계의 일부로서 서로 영향을 주고받습니다.

[3문단] 생태계의 균형은 우리 삶에 큰 영향을 미칩니다. 나무가 많아야 깨끗한 공기를 만들 수 있고, 동물들이 살아갈 환경도 유지되지요. 생태계가 건강해야 우리도 건강하게 살아갈 수 있습니다. 따라서 앞으로는 작은 나무 한 그루, 곤충 한 마리도 소중히 여기는 마음을 가져야 해요.

미션 **1** 이 글의 핵심 단어를 골라 보세요.

미션 **2** 위 3개의 문단을 각각 한 문장으로 요약해 아래에 적어 보세요.

1문단

2문단

3문단

미션 **3** 핵심 단어를 포함하여 글 전체를 한 문장으로 요약해 보세요.

생명이 다시 깨어나는 자연의 기적

[1문단] 2023년 서울 한강에서 놀라운 변화가 일어났어요. 오랜 개발로 서식지를 잃었던 동물들이 다시 돌아온 거예요. 수달과 삵, 맹꽁이 같은 멸종 위기 동물들이 다시 이곳에 둥지를 틀었습니다. 이 변화는 서울시가 한강 생태계를 복원하기 위해 10년 넘게 힘쓴 결과였어요. 생태계 복원이란 파괴된 자연환경을 원래 상태로 되돌리기 위해 노력하는 것을 말해요.

[2문단] 생태계를 복원하는 작업은 단순히 나무를 심는 것만으로 끝나지 않아요. 먼저 전문가들은 한강의 물과 토양 상태를 분석하고, 어떤 동식물이 돌아올 수 있을지 연구했어요. 물고기들이 살 수 있도록 강의 수질을 개선하고, 동물들이 안전하게 지낼 수 있는 서식지를 마련했지요.

[3문단] 생태계 복원은 사람들에게도 긍정적인 영향을 미쳤습니다. 한강에서 맑은 물이 흐르고, 다양한 동식물이 함께 살아가니 시민들도 자연 속에서 여유를 느낄 수 있게 되었지요. 더불어 한강은 자연과 사람이 공존하는 곳으로 거듭나며, 앞으로도 지속 가능한 생태계를 위해 꾸준히 관리될 예정이에요.

미션 1 이 글의 핵심 단어를 골라 보세요.

미션 2 위 3개의 문단을 각각 한 문장으로 요약해 아래에 적어 보세요.

> 1문단
>
> 2문단
>
> 3문단

미션 3 핵심 단어를 포함하여 글 전체를 한 문장으로 요약해 보세요.

시간의 흐름 속에서 변하는 생명

[1문단] 1억 년 전, 바다에는 거대한 물고기들이 살았어요. 이 물고기들은 크고 긴 몸과 강력한 이로 먹이를 사냥했지요. 그러나 시간이 지나면서 점점 바다 환경이 변했어요. 물의 온도와 먹이의 종류가 달라지자 이 거대한 물고기들은 점점 작아졌고, 덕분에 빠르게 헤엄칠 수 있었지요. 이렇게 환경에 맞춰 생물이 적응하며 변화하는 과정을 '진화'라고 해요.

[2문단] 육지에서도 비슷한 변화가 일어났어요. 과거 숲속에서 살던 동물들은 발이 크고 다리가 튼튼했어요. 하지만 기후가 변하면서 숲이 사라지고, 광활한 평원이 나타나자 이 동물들의 몸도 변화했지요. 육지 동물들은 빠르게 달릴 수 있도록 몸이 날렵해지고, 더 멀리까지 볼 수 있도록 눈이 커졌어요.

[3문단] 이처럼 진화는 생물이 변화하는 환경에 적응하며 일어나는 과정이에요. 바다와 육지에서 일어난 변화들은 오늘날 우리와 함께 살아가는 동물과 식물들의 모습에 큰 영향을 미쳤지요. 진화는 단지 과거의 일이 아니라, 지금도 계속해서 진행 중이며, 생명체들은 환경에 맞추어 끊임없이 변화해요.

미션 **1** 이 글의 핵심 단어를 골라 보세요.

미션 **2** 위 3개의 문단을 각각 한 문장으로 요약해 아래에 적어 보세요.

1문단

2문단

3문단

미션 **3** 핵심 단어를 포함하여 글 전체를 한 문장으로 요약해 보세요.

 # 눈에 보이지 않는 생존의 비밀

생명 / 적응

[1문단] 사하라 사막의 가장 더운 지역에서 특이한 식물을 발견했어요. 이 식물의 이름은 '대추야자'로 극한의 더위와 가뭄 속에서도 살아남았지요. 그 이유는 뿌리가 매우 깊어서 땅속의 수분을 잘 흡수하고, 잎이 작고 두꺼워 수분 손실을 줄일 수 있기 때문이에요. 이처럼 환경에 잘 적응한 덕분에 사막과 같은 가혹한 조건에서도 생명을 이어갈 수 있었어요.

[2문단] 대추야자는 생존 이상의 능력을 보여 줬어요. 극한 환경에서도 번성하며 생태계를 보전하는 데 기여했지요. 이렇게 자연 속 많은 생물은 주변 환경에 맞게 몸이나 행동을 변화시키며 살아가요. 이 과정을 '환경 적응'이라고 하며, 이를 통해 생물들은 변화하는 환경에서도 생존할 수 있습니다.

[3문단] 환경 적응은 우리 주변에서도 쉽게 볼 수 있어요. 북극곰은 두꺼운 털과 지방층으로 추운 날씨에 적응하고, 나무늘보는 느린 움직임으로 에너지를 절약하며 살아가지요. 사람도 마찬가지로 새로운 환경에 적응하며 발전할 수 있어요. 환경에 잘 적응하는 능력은 생명체가 계속해서 살아남을 수 있는 중요한 열쇠입니다.

미션 1 이 글의 핵심 단어를 골라 보세요.

미션 2 위 3개의 문단을 각각 한 문장으로 요약해 아래에 적어 보세요.

1문단

2문단

3문단

미션 3 핵심 단어를 포함하여 글 전체를 한 문장으로 요약해 보세요.

경이로운 생명의 시작

[1문단] 어느 외딴 섬에서 멸종 위기 동물인 바다거북이 대규모로 알을 낳는 장면을 포착했어요. 이 바다거북은 해변에 올라와 부드러운 모래 속에 알을 낳았고, 몇 달 뒤 수많은 작은 바다거북이 껍질을 깨고 태어나 바다로 향했지요. 이렇게 모든 생명체가 새로운 생명을 만들어 내어 종을 이어가는 과정을 '생식'이라고 해요.

[2문단] 바다거북뿐만 아니라, 많은 동물이 새끼를 낳거나 알을 낳아 후손을 남기지요. 이처럼 멸종 위기 동물들이 안전하게 새끼를 낳을 수 있도록 환경을 보호하는 것도 생식에 중요한 역할을 합니다. 이처럼 생명체들은 생식 과정을 통해 자신의 유전자를 다음 세대에 전달하며 종을 이어가요.

[3문단] 생식은 단순히 새로운 생명을 만들어 내는 것 이상의 의미가 있어요. 생식은 생물 다양성을 유지하고, 자연 생태계를 건강하게 만듭니다. 우리가 자연을 보호하고 생식 과정을 돕는 것은 생명체들이 지속해서 번성할 수 있도록 돕는 중요한 일이지요.

미션 1 이 글의 핵심 단어를 골라 보세요.

미션 2 위 3개의 문단을 각각 한 문장으로 요약해 아래에 적어 보세요.

　1문단

　2문단

　3문단

미션 3 핵심 단어를 포함하여 글 전체를 한 문장으로 요약해 보세요.

생명 코드를 해독하는 놀라운 유전자 기술

[1문단] 과학자들은 사과나무의 유전자를 연구하다가 놀라운 사실을 발견했어요. 이 나무는 원래 병에 취약했지만, 유전자 변형 기술을 통해 병에 강한 특성을 가진 사과나무로 변할 수 있었지요. 유전자 기술이란 생물의 유전자를 수정하거나 변형하여 원하는 특성을 강화하는 방법을 말해요.

[2문단] 유전자 기술은 단순히 식물에게만 사용되는 것이 아니에요. 과학자들은 수많은 사람들의 유전자를 분석해 특정 질병을 예방하거나 치료할 수 있는 방법을 연구하고 있어요. 이를 통해 질병에 취약한 유전자를 수정하거나, 건강한 유전자를 강화하는 기술이 개발되고 있지요.

[3문단] 유전자 기술을 통해 식물은 더 강하게 자라날 수 있고, 사람들은 질병 없이 건강한 삶을 살 수 있게 될 거예요. 유전자는 마치 생명의 설계도와 같아서, 그 설계도를 잘 다루면 우리는 더 나은 미래를 꿈꿀 수 있습니다. 유전자 기술의 발전은 앞으로 더 많은 생명체들이 환경에 적응하고, 건강하게 살아갈 수 있도록 도울 거예요.

미션 1 이 글의 핵심 단어를 골라 보세요.

미션 2 위 3개의 문단을 각각 한 문장으로 요약해 아래에 적어 보세요.

   1문단

   2문단

   3문단

미션 3 핵심 단어를 포함하여 글 전체를 한 문장으로 요약해 보세요.

숲속에 숨겨진 다양한 생명의 힘

[1문단] 어느 열대 우림에서 작은 개미 한 마리가 나무 위 수백 마리의 다른 개미들과 함께 일하는 모습을 발견했어요. 이 개미들은 서로 역할을 나누어 나무를 지키고, 먹이를 찾으며, 나무에서 자라는 식물을 보호했어요. 이처럼 작은 생물들이 협력하여 나무와 숲의 생태계를 유지하고, 다양한 생명체가 공존할 수 있도록 도와준 거예요.

[2문단] 생물 다양성은 지구에 사는 모든 생명체들의 다양성을 의미해요. 숲속에서는 곤충과 새, 나무, 동물들이 각자의 역할을 하며 살아가요. 만약 어떤 생물종이 사라지면 그 생물과 연관된 다른 생물들의 생존에도 영향을 미칠 수 있어요. 이렇게 생물들은 서로에게 의지하며, 자연의 균형을 유지해요.

[3문단] 생물 다양성은 우리의 일상생활에도 큰 영향을 미쳐요. 다양한 생물들이 있어야 우리가 먹는 음식도 더 풍부하고, 깨끗한 공기와 물을 제공받을 수 있어요. 이 다양성을 지키는 것이 곧 우리가 건강하게 살아가는 방법이에요. 그래서 우리는 자연을 보호하고, 다양한 생물들이 함께 살아갈 수 있도록 노력해야 해요.

미션 1 이 글의 핵심 단어를 골라 보세요.

미션 2 위 3개의 문단을 각각 한 문장으로 요약해 아래에 적어 보세요.

1문단

2문단

3문단

미션 3 핵심 단어를 포함하여 글 전체를 한 문장으로 요약해 보세요.

멸종 위기의 동물들을 구하라

[1문단] 아프리카의 코끼리들은 상아를 노리는 밀렵꾼들로부터 큰 위협을 받고 있어요. 불법 사냥이 늘어나면서 코끼리들의 숫자가 급격히 줄어들었지요. 코끼리를 보호하기 위해 국제 환경 보호 단체는 드론과 열 감지 카메라를 이용했어요. 드론은 밤낮으로 하늘을 날아다니며 밀렵꾼들의 움직임을 포착했고, 덕분에 코끼리들의 안전을 지킬 수 있었지요.

[2문단] 코끼리뿐만 아니라 많은 야생 동물이 서식지가 파괴되고, 불법 사냥으로 인해 생명의 위협을 받아요. 야생 동물이 멸종하면 생태계 전체가 무너질 수 있어요. 우리가 야생 동물을 보호하지 않으면, 이 소중한 생명체들을 다시는 볼 수 없을지도 몰라요. 최근 정부와 국제 환경 보호 단체들은 야생 동물 멸종을 막기 위해 다양한 노력을 기울이고 있습니다.

[3문단] 국제 환경 보호 단체들은 서식지가 파괴된 동물들을 위해 보호 구역을 만들거나 손상된 환경을 복원하는 작업을 합니다. 밀렵과 불법 거래를 단속하고, 야생 동물 보호의 중요성을 알리기 위해 세계 곳곳에서 교육 프로그램과 캠페인을 진행하지요. 이러한 국제 환경 보호 단체들의 노력은 야생 동물들의 생존을 돕고, 생물 다양성을 보호하는 데 중요한 역할을 합니다.

미션 1 이 글의 핵심 단어를 골라 보세요.

미션 2 위 3개의 문단을 각각 한 문장으로 요약해 아래에 적어 보세요.

1문단

2문단

3문단

미션 3 핵심 단어를 포함하여 글 전체를 한 문장으로 요약해 보세요.

기후의 다양성과 특징

[1문단] 기후란 일정한 지역에서 오랫동안 나타난 평균적인 날씨 상태를 말해요. 아프리카 사하라 사막을 여행하던 한 탐험대는 낮 기온이 50도에 이르는 극단적인 더위를 경험했어요. 하지만 밤에는 온도가 급격히 떨어져 두꺼운 옷을 입고 몸을 따뜻하게 해야 했지요. 이렇게 사막 기후는 낮과 밤의 기온 차가 크고, 극단적이에요.

[2문단] 반면, 남극 대륙은 전 세계에서 가장 추운 지역 중 하나예요. 남극은 바람이 매우 강하고, 일 년 내내 영하의 온도를 유지해요. 남극에서 연구를 진행하는 과학자들은 극한의 추위와 강풍을 견디며 작업을 해야 하지요. 특히 겨울에는 기온이 영하 60도에 이를 정도로 추워서 생명체가 살기 어려운 환경이에요. 이런 기후의 차이는 단순히 날씨뿐만 아니라, 자연과 인간의 삶에 큰 영향을 미쳐요.

[3문단] 세계 곳곳의 기후는 매우 다양하고, 각 지역마다 고유한 특징이 있어요. 예를 들어 열대 우림 지역에서는 비가 거의 날마다 내리지만 건조한 사막에서는 몇 년 동안 비를 보지 못하는 경우도 있어요. 이러한 기후의 다양성은 지구의 생태계를 풍부하고 신비롭게 만들어 줍니다.

미션 1 이 글의 핵심 단어를 골라 보세요.

미션 2 위 3개의 문단을 각각 한 문장으로 요약해 아래에 적어 보세요.

1문단

2문단

3문단

미션 3 핵심 단어를 포함하여 글 전체를 한 문장으로 요약해 보세요.

우리의 미래를 결정할 날씨

[1문단] 2023년 유럽에서는 여름에 눈이 내리는 이상한 일이 벌어졌어요. 전문가들은 이를 기후 변화 때문이라고 설명했어요. 기후 변화는 지구의 기온과 날씨 상태가 변하는 현상을 말해요. 기후 변화로 인해 폭염, 폭설, 홍수 등 극단적인 날씨가 더 자주 발생하고, 많은 사람이 피해를 겪었어요. 이런 변화는 지구의 생태계와 인간 사회에 심각한 영향을 미칩니다.

[2문단] 기후 변화는 주로 온실가스가 증가하며 발생해요. 이 온실가스들이 대기 중에 쌓여 지구가 더 많은 열을 가두게 되고, 그 결과 기온이 상승하지요. 이로 인해 비정상적인 날씨 현상들이 자주 발생하며, 농작물 생산량 감소와 같은 문제를 초래하여 사람에게도 직접적인 영향을 끼치지요.

[3문단] 기후 변화는 해수면 상승, 자연재해 등 미래에 더 큰 문제를 불러올 수 있어요. 하지만 전 세계가 협력하여 화석 연료 사용을 줄이고, 재생 에너지를 사용한다면 이러한 문제를 막을 수 있어요. 우리가 지속 가능한 삶을 추구하고, 기후 변화를 막기 위해 노력한다면 미래 세대에게 더 나은 환경을 물려줄 수 있습니다.

미션 1 이 글의 핵심 단어를 골라 보세요.

미션 2 위 3개의 문단을 각각 한 문장으로 요약해 아래에 적어 보세요.

1문단

2문단

3문단

미션 3 핵심 단어를 포함하여 글 전체를 한 문장으로 요약해 보세요.

자연의 무서운 힘을 마주한 순간

[1문단] 2018년 인도네시아에서 발생한 대규모 지진과 쓰나미는 많은 사람에게 큰 충격을 주었어요. 자연재해란 지진, 쓰나미, 홍수와 같이 자연 현상으로 인해 발생하는 재난을 말해요. 이 지진은 바다 깊은 곳에서 발생해 거대한 쓰나미로 해안 지역을 덮쳤고, 사람들은 갑작스러운 재해에 대처할 시간이 거의 없었지요. 이 사건은 자연재해가 얼마나 예측하기 어렵고 그 피해가 얼마나 클 수 있는지를 보여 주었어요.

[2문단] 자연재해는 예고 없이 발생할 때가 많지만, 그 위험을 줄이기 위해 여러 기술이 발전해 왔어요. 기상 위성, 지진 감지기, 해양 기상 부이 등을 통해 자연재해를 예측하려고 노력합니다. 하지만 자연의 힘은 여전히 인간의 예측을 뛰어넘는 경우가 많아요. 이 때문에 우리는 자연재해를 항상 염두에 두고 대비하는 자세가 필요해요.

[3문단] 자연재해를 완전히 막을 수는 없겠지만, 미래에는 더욱 발전된 기술들로 재해를 예측하고, 그에 대처하는 데 중요한 역할을 할 거예요. 이를 통해 우리는 더 많은 생명과 재산을 보호하고, 피해를 최소화할 수 있을 거예요.

미션 1 이 글의 핵심 단어를 골라 보세요.

미션 2 위 3개의 문단을 각각 한 문장으로 요약해 아래에 적어 보세요.

1문단

2문단

3문단

미션 3 핵심 단어를 포함하여 글 전체를 한 문장으로 요약해 보세요.

아마존 산불과 인간 활동

[1문단] 2019년 브라질에서 발생한 아마존 산불은 인간의 활동이 자연에 얼마나 파괴적인지를 보여 줬어요. 많은 농부들이 농업지를 확장하기 위해 불을 질렀고, 작은 불씨를 통제하지 못해 엄청난 산불로 번졌습니다. 그 결과, 아마존 우림의 많은 나무들이 사라졌고, 많은 동물들이 서식지를 잃었어요.

[2문단] 아마존 산불은 전 세계에 큰 충격을 주었고, 환경 보호의 중요성을 다시 한번 일깨워 주었어요. 아마존은 지구의 '허파'로 불리며 이산화탄소를 흡수하고 산소를 공급하는 중요한 역할을 하기에, 이러한 대규모 산불은 기후 변화에 심각한 영향을 미칩니다. 산불로 인한 대기 오염과 온실가스 배출은 기후 변화를 더욱 가속화하고, 생태계의 균형을 무너뜨리는 원인이 되지요.

[3문단] 이와 같은 자연재해를 예방하기 위해서는 우리가 환경을 보호하는 데 더 많은 책임을 가져야 해요. 산불과 같은 재난을 미연에 방지하려면, 불법 농업 확장과 같은 인간의 과도한 자원 활용을 제어해야 하지요. 우리가 살아가는 터전을 미래 세대에게 건강하게 물려주기 위해서는 지속 가능한 관리가 필요합니다.

미션 1 이 글의 핵심 단어를 골라 보세요.

미션 2 위 3개의 문단을 각각 한 문장으로 요약해 아래에 적어 보세요.

　　1문단

　　2문단

　　3문단

미션 3 핵심 단어를 포함하여 글 전체를 한 문장으로 요약해 보세요.

마른 대지, 물을 찾아 떠난 여정

[1문단] 아프리카 케냐의 어느 마을에서 심각한 가뭄이 발생했어요. 몇 달 동안 비가 한 방울도 내리지 않아 마을 사람들이 사용할 물이 거의 바닥났지요. 사람들은 멀리 떨어진 강까지 가서 물을 길어야 했고, 하루 종일 물을 구하러 다녀야 했어요. 이처럼 물 부족은 사람들의 일상에 큰 영향을 미칩니다.

[2문단] 단순히 비가 오지 않아서 마을의 물이 부족한 게 아니에요. 산업이 발달하면서 물을 무분별하게 사용하는 공장과 농업 활동이 많아졌고, 물을 오염시키는 일들이 벌어지면서 사용 가능한 물이 점점 줄어들었어요. 이런 문제는 특히 개발도상국에서 더 심각하게 나타납니다. 물은 생명에 꼭 필요한 자원이기 때문에, 효율적으로 관리하고 보존하는 것이 중요해요.

[3문단] 물 부족 문제를 해결하기 위해서는 다양한 노력이 필요합니다. 많은 나라에서 물을 재활용하거나 물을 더 잘 보존할 수 있는 기술을 개발 중이에요. 하지만 개인의 노력도 중요해요. 예를 들어 샤워 시간을 줄이거나 양치할 때 물을 잠그는 것처럼 작은 실천으로 자원을 절약할 수 있어요.

미션 1 이 글의 핵심 단어를 골라 보세요.

미션 2 위 3개의 문단을 각각 한 문장으로 요약해 아래에 적어 보세요.

1문단

2문단

3문단

미션 3 핵심 단어를 포함하여 글 전체를 한 문장으로 요약해 보세요.

새 생명을 얻은 버려진 자원

[1문단] 한국의 한 작은 마을에서 버려진 플라스틱병을 활용한 놀라운 프로젝트가 진행되었어요. 쓰레기로 버려지는 자원을 다시 활용해 새로운 제품을 만든 거예요. 마을 사람들은 플라스틱병을 모아 새로운 벽돌을 만들었습니다. 이 벽돌은 튼튼하고 가벼워 건축 자재로 훌륭해 집을 짓는 데 유용하게 사용할 수 있어요.

[2문단] 자원을 재활용하는 것은 단순히 환경을 보호하는 것 이상의 의미가 있어요. 재활용을 통해 쓰레기를 줄이는 동시에 새로운 자원을 만들 수 있기 때문이에요. 플라스틱병뿐만 아니라, 종이, 유리, 금속 같은 다양한 자원도 재활용할 수 있어요. 종이를 재활용하면 나무를 더 적게 베고, 유리를 재활용하면 새로운 유리 제품을 만들 때 에너지를 절약할 수 있습니다.

[3문단] 오늘날 재활용 기술은 점점 발전하고 있어요. 플라스틱병을 벽돌로 만드는 기술뿐만 아니라, 사용된 전자 제품에서 금속을 추출해 다시 사용하는 기술도 있어요. 이러한 기술 덕분에 자원 낭비를 줄이고 우리는 더 효율적으로 자원을 재활용할 수 있습니다. 앞으로도 더 많은 사람이 재활용에 참여한다면 지구를 보호하는 데 큰 힘이 될 거예요.

미션 1 이 글의 핵심 단어를 골라 보세요.

미션 2 위 3개의 문단을 각각 한 문장으로 요약해 아래에 적어 보세요.

1문단

2문단

3문단

미션 3 핵심 단어를 포함하여 글 전체를 한 문장으로 요약해 보세요.

새로운 시대, 푸른 발걸음을 내딛다

[1문단] 최근 어느 초등학교에서는 쓰레기 없이 점심을 먹는 '제로 웨이스트' 캠페인을 열었어요. 학생들은 플라스틱 포장 대신 다회용 용기를 사용하고, 남은 음식은 퇴비로 만들어 환경에 미치는 영향을 최소화했어요. 이 캠페인 덕분에 학교는 쓰레기양을 줄이고, 지속 가능한 방식으로 식사를 할 수 있었지요.

[2문단] 친환경 활동은 단순히 쓰레기를 줄이는 것만을 의미하지 않아요. 에너지를 절약하고, 재생 가능한 자원을 사용하는 것도 친환경 활동이라고 할 수 있어요. 예를 들어 태양열 에너지를 이용해 전기를 생산하거나 자전거를 타고 이동해 자동차 배출 가스를 줄이는 것도 친환경 활동이지요.

[3문단] 오늘날 친환경 기술은 빠르게 발전하는 중이에요. 식물에서 추출한 재료로 만든 플라스틱 대체품이나 재활용 가능한 소재를 활용한 제품들이 등장했어요. 이러한 기술과 제품 덕분에 우리는 일상에서 조금씩 환경을 보호할 수 있어요. 우리의 작은 실천들이 모여 큰 변화를 만들어낼 수 있다는 것을 기억해야 해요.

미션 1 이 글의 핵심 단어를 골라 보세요.

미션 2 위 3개의 문단을 각각 한 문장으로 요약해 아래에 적어 보세요.

1문단

2문단

3문단

미션 3 핵심 단어를 포함하여 글 전체를 한 문장으로 요약해 보세요.

토양 보호의 중요성과 작은 실천

[1문단] 대기와 토양을 보호하기 위해 어느 마을에서 특별한 프로젝트가 진행되었어요. 마을 주민들은 자동차 대신 자전거를 타고 다니기로 했고, 화학 비료 대신 친환경 비료를 사용하여 농작물을 길렀습니다. 이 작은 실천들 덕분에 마을 공기가 맑아졌고, 땅도 건강을 되찾을 수 있었지요.

[2문단] 대기와 토양을 보호하는 것은 단순히 환경을 지키는 활동을 넘어서, 우리의 건강과 직결된 중요한 문제예요. 깨끗한 공기는 호흡기 건강을 지키고, 건강한 토양은 우리가 먹는 음식의 질을 좌우해요. 만약 공기가 오염되거나, 화학 물질로 인해 토양이 오염된다면 사람들과 동식물은 모두 큰 어려움을 겪게 될 거예요. 그래서 우리가 실천하는 작은 행동 하나하나가 중요합니다.

[3문단] 오늘날 대기와 토양을 보호하기 위해 공장을 운영하는 기업들은 배출 가스를 줄이기 위해 노력하고, 농업에서는 친환경 농법을 이용해 화학 비료와 농약을 사용하지 않기도 합니다. 이러한 변화들이 쌓이면 우리는 더욱 깨끗한 공기와 건강한 토양에서 살아갈 수 있을 거예요.

미션 1 이 글의 핵심 단어를 골라 보세요.

미션 2 위 3개의 문단을 각각 한 문장으로 요약해 아래에 적어 보세요.

1문단

2문단

3문단

미션 3 핵심 단어를 포함하여 글 전체를 한 문장으로 요약해 보세요.

은경쌤과 함께 하는 어휘 퀴즈

1. 전기를 흐르게 하는 힘이나 흐름은?

초성힌트 ㅈㄹ
_____

2. 기존의 에너지를 대신할 새로운 에너지는?

초성힌트 ㄷㅊ ㅇㄴㅈ
_____

3. 알려지지 않은 지역이나 물체를 조사하고 연구하는 것은?

초성힌트 ㅌㅅ
_____

4. 빛이 한 물질에서 다른 물질로 이동할 때 방향이 꺾이는 현상은?

초성힌트 ㄱㅈ
_____

5. 전파나 음파가 1초 동안 진동하는 횟수를 뜻하는 것은?

초성힌트 ㅈㅍㅅ
_____

6. 정보를 여러 곳에 분산 저장하여 보안을 강화하는 기술은?

초성힌트 ㅂㄹㅊㅇ
_____

7. 지구 위의 물체가 지구로부터 받는 힘은?

초성힌트 ㅈㄹ
_____

8. 우주나 다른 행성을 조사하기 위해 보내는 기계는?

초성힌트 ㅌㅅㅅ
_____

9. 어떤 문제를 해결하기 위해 찾는 실마리나 힌트는?

초성힌트 ㄷㅅ
_____

10. 아주 작아 눈으로는 볼 수 없지만 다양한 곳에 존재하는 생명체는?

초성힌트 ㅁㅅㅁ
_____

11. 어떤 사실이 참인지 거짓인지 확인하고 증명하는 것은?

초성힌트 ㄱㅈ
_____

12. 미생물이나 세균 따위의 성장을 막거나 죽이는 약은?

초성힌트 ㅎㅅㅈ
_____

13. 알 수 없는 암호나 기호를 읽어서 해석하는 것은?

초성힌트 ㅎㄷ
_____

14. 다양한 종류의 생물이 함께 살아가는 것은?

초성힌트 ㅅㅁ ㄷㅇㅅ
_____

15. 매우 심한 상태나 극도로 어려운 환경은?

초성힌트 ㄱㅎ
_____

16. 기온이 매우 높아 오랫동안 더운 날씨가 계속되는 현상은?

초성힌트 ㅍㅇ
_____

17. 짧은 시간 동안 눈이 아주 많이 내리는 현상은?

초성힌트 ㅍㅅ
_____

18. 지구를 둘러싸고 있는 기체는?

초성힌트 ㄷㄱ
_____

19. 식물이나 작물이 자라는 땅은?

초성힌트 ㅌㅇ
_____

20. 환경을 보호하면서 농작물을 재배하는 방법은?

초성힌트 ㅊㅎㄱ ㄴㅂ
_____

정답 147쪽

모범 답안 ───────

24쪽

1 법 2 (1문단) 법은 사회 질서와 공평한 사회를 위해 지켜야 하는 규칙이에요. (2문단) 법은 생활 속에서 혼란을 막고, 안전하게 지낼 수 있도록 도와줘요. (3문단) 법을 어기면 처벌을 받으며, 처벌은 잘못된 행동을 막고 법을 지키도록 만들어요. 3 법은 사람들이 평화롭고 안전하게 지내기 위해 지켜야 하며, 우리는 법이 있기 때문에 더 공평하고 안전하게 지낼 수 있습니다.

25쪽

1 악법 2 (1문단) 악법은 불공평하거나 해로운 법을 뜻해요. (2문단) 모두에게 공평하지 않을 때, 악법을 바꾸려는 노력이 필요해요. (3문단) 부당한 악법을 바로잡을 때 사회는 더 나은 방향으로 변화할 수 있어요. 3 법이 항상 옳은 것은 아니며, 법이 불공정하거나 부당하다면, 악법을 개선하려는 노력이 필요합니다.

26쪽

1 대통령 선거 2 (1문단) 대통령 선거는 국가의 최고 지도자인 대통령을 선출하는 과정이에요. (2문단) 대통령 후보들의 공약을 보고 국민들은 자신의 가치관에 따라 투표해요. (3문단) 대통령 선거는 국민이 원하는 나라를 만들기 위한 민주주의의 중요한 과정입니다. 3 대통령 선거는 국민이 직접 대표를 뽑아 나라의 중요한 결정을 맡기고, 민주주의를 실현하는 중요한 과정입니다.

27쪽

1 시민 단체 2 (1문단) 시민 단체는 사회를 더 좋은 곳으로 만들기 위해 자발적으로 모인 비정부 조직이에요. (2문단) 시민 단체는 사회 변화를 위해 다양한 활동을 해요. (3문단) 시민 단체 활동은 학생도 참여할 수 있으며 사회를 더 나은 방향으로 변화시키는 데 기여할 수 있습니다. 3 시민 단체는 사회적 가치를 실현하거나 시민들의 권리를 증진시키기 위해 활동하는 비정부 조직입니다.

28쪽

1 경제 2 (1문단) 경제란 사람들이 돈을 벌고, 사용하는 모든 과정을 말해요. (2문단) 생산, 분배, 소비가 잘 이루어져야 돈이 순환하며 경제가 활발하게 돌아갑니다. (3문단) 경제가 건강하게 돌아가려면 적절히 돈을 모으고 써야 해요. 3 경제란 사람들이 돈을 벌고, 사용하고, 나누는 과정으로 돈이 원활하게 돌아가야 사회가 건강하게 유지됩니다.

29쪽

1 물가 상승 2 (1문단) 물가 상승은 물건이나 서비스의 가격이 전반적으로 오르는 현상을 말해요. (2문단) 물가가 오르면 사람들의 소비가 위축되어 경제 전반에 큰 영향을 미쳐요. (3문단) 물가가 상승하면 경제가 어려워지고,

정부는 경제를 안정시키기 위해 노력해요. **3** 물가 상승은 물건이나 서비스 가격이 오르는 현상을 말하며, 이를 방지하기 위해 정부는 물가 상승을 막고 경제를 안정시키기 위해 노력합니다.

30쪽

1 장애인 인권 **2** (1문단) 장애인 인권은 장애를 가진 사람들이 차별 없이 인간답게 살 권리를 말합니다. (2문단) 장애인은 교육, 취업, 의료 등 다양한 분야에서 평등하게 접근할 수 있어야 해요. (3문단) 장애인 인권을 지키기 위해서는 장애인에 대한 인식 개선이 필요해요. **3** 장애인들이 차별 없이 평등한 기회를 누릴 수 있도록 사회 구성원의 노력과 지원이 중요합니다.

31쪽

1 디지털 인권 **2** (1문단) 모든 사람은 디지털 환경을 평등하게 누릴 수 있어야 해요. (2문단) 디지털 인권 피해 사례가 늘어나며 정부는 디지털 인권을 지킬 수 있도록 노력하고 있어요. (3문단) 디지털 인권을 존중하여 모두가 안전하게 디지털 기술을 사용할 수 있어야 해요. **3** 디지털 인권은 디지털 공간에서 자유롭게 의견을 표현하고 개인 정보를 보호받을 수 있는 권리로, 모든 사람은 디지털 환경을 평등하게 누릴 수 있어야 해요.

32쪽

1 국민 건강 보험 제도 **2** (1문단) 건강 보험 제도는 의료비 부담을 줄이고, 국민들이 필요한 의료 서비스를 받을 수 있도록 도와주는 제도예요. (2문단) 건강 보험 제도는 모든 국민이 평등하게 의료 혜택을 받을 수 있도록 만들어졌어요. (3문단) 건강 보험은 국민의 건강을 지키는 중요한 제도예요. **3** 국민 건강 보험 제도는 의료비 부담을 줄여 국민 모두가 적절한 의료 혜택을 받을 수 있도록 돕는 중요한 제도입니다.

33쪽

1 학교 폭력 예방 제도 **2** (1문단) 학교 폭력 예방 제도는 학교 내에서 발생할 수 있는 폭력을 방지해요. (2문단) 이 제도는 정기적인 예방 교육과 빠른 대응으로 학생들을 보호해요. (3문단) 모든 학생이 학교 폭력이 없는 안전한 학교를 만드는 데 동참해야 해요. **3** 학교 폭력 예방 제도는 학생들이 안전하게 학교 생활을 할 수 있도록, 학교 폭력 사건을 방지하고 해결하는 중요한 제도입니다.

34쪽

1 김장 **2** (1문단) 김장은 겨울을 준비하며 가족과 이웃이 모여 김치를 담그는 전통문화예요. (2문단) 김장은 가족과 이웃이 함께 음식을 만들어 친밀함을 느끼는 행사로 발전했어요. (3문단) 김장은 유네스코 인류무형문화유산으로 지정된 중요한 전통문화예요. **3** 김장은 가족과 이웃이 함께 김치를 담가 유대감을 나누는 우리나라의 소중한 전통문화입니다.

35쪽

1 한옥 **2** (1문단) 한옥은 우리나라의 전통 가

옥으로 자연과 조화를 이루어요. (2문단) 한옥은 마루와 온돌을 이용해 계절에 맞는 편안한 환경을 제공해요. (3문단) 한옥은 전 세계적으로 사랑받는 전통 가옥이에요. **3** 한옥은 자연과 조화를 이루는 전통 가옥으로, 최근 전 세계에서 사랑받으며 전통을 이어갑니다.

36쪽

1 다양한 가족의 형태 **2** (1문단) 오늘날에는 대한민국에는 재혼 가정, 입양 가정, 한 부모 가정 등 다양한 형태의 가족이 있어요. (2문단) 가족 형태에 상관없이 서로 존중하고 지지하는 것이 가족 간의 유대감을 형성하는 데 중요해요. (3문단) 가족을 위한 다양한 프로그램과 활동들이 많아지면서 가족들이 함께 소통하고 이해할 기회가 늘었어요. **3** 다양한 형태의 가족이 존재하는 만큼 서로를 존중하고 지지할 때, 더 따뜻하고 단단한 관계를 만들 수 있어요.

37쪽

1 반려동물 **2** (1문단) 반려동물은 중요한 가족 구성원으로, 함께 시간을 보내며 즐거움을 줘요. (2문단) 반려동물과 함께 살아가기 위해서는 책임감이 필요해요. (3문단) 반려동물과 함께하는 다양한 활동이 가족 간의 유대감을 깊게 만들어요. **3** 반려동물은 가족 구성원으로 사람과 깊은 유대감을 형성하며 사람들에게 큰 위로와 즐거움을 줍니다.

38쪽

1 예술 **2** (1문단) 피카소의 〈게르니카〉는 전

쟁의 참혹함을 알리며, 사람들이 전쟁을 반대하는 목소리를 내게 했어요. (2문단) 예술은 감정과 생각을 표현하며 사회를 변화시키는 힘이 있어요. (3문단) 예술은 우리 삶의 여러 영역에 영향을 미치며, 세상을 더 나은 방향으로 이끌어요. **3** 작가의 감정과 생각을 표현하는 예술은 사회 변화를 이끄는 힘이 있습니다.

39쪽

1 백남준 **2** (1문단) 백남준은 텔레비전을 이용해 새로운 예술 작품을 창조했어요. (2문단) 〈음악의 전시—전자 텔레비전〉은 예술계에서 큰 반향을 일으켰어요. (3문단) 백남준은 예술의 경계를 넓혀 비디오 아트의 미래를 열었어요. **3** 백남준은 텔레비전을 활용해 예술의 경계를 넓히고 비디오 아트의 미래를 열었습니다.

40쪽

1 한글 **2** (1문단) 한글은 세종대왕이 백성을 위해 만든 과학적이고 배우기 쉬운 글자예요. (2문단) 한글은 세계에서 유일하게 발음 기관의 모양을 본떠 만들어진 과학적인 문자예요. (3문단) 한글은 외국에서도 우수성을 인정받으며, 나라와 문화를 널리 알리는데 큰 도움이 되었어요. **3** 한글은 발음 기관의 모양을 본떠 만든 과학적 문자로, 세계적으로 그 우수성을 인정받았어요.

41쪽

1 언어 **2** (1문단) 언어는 사람들의 생각과 감

정을 표현하고 전달하는 수단이에요. (2문단) 번역 기술과 인공지능 덕분에 언어의 힘은 더욱 강력해져 글로벌 소통이 원활해졌어요. (3문단) 언어는 단순한 의사소통을 넘어 새로운 문화를 접하고, 더 넓은 세상과 연결될 기회를 제공해요. 3 글로벌 소통이 가능한 오늘날, 언어는 사람들 간의 이해와 협력을 돕고 새로운 문화와 기회를 연결하는 중요한 도구입니다.

42쪽

1 문학 2 (1문단) 문학은 상상력을 키워 주고, 세상을 새로운 눈으로 바라보게 해요. (2문단) 문학은 재미를 주는 것뿐만 아니라 우리가 세상을 이해하고 깨닫는 데 도움을 줘요. (3문단) 문학은 상상력과 희망을 주며, 세상에 긍정적인 변화를 가져오는 중요한 역할을 해요. 3 문학은 상상력을 키워 주고, 세상을 이해하며 사람들에게 희망과 용기를 줍니다.

43쪽

1 마당을 나온 암탉 2 (1문단) 《마당을 나온 암탉》은 2000년에 출간된 대한민국의 유명한 아동 문학 작품이에요. (2문단) 꿈을 위해 용기 내어 닭장을 떠나는 잎싹의 모습을 통해 도전의 가치를 가르쳐 줘요. (3문단) 이 책은 문학 작품이 가진 힘을 잘 보여 주며 어린이들에게 희망과 용기를 줘요. 3 《마당을 나온 암탉》은 꿈과 용기의 가치를 알려 주는 대한민국의 유명한 아동 문학 작품이에요.

44쪽

1 종교 2 (1문단) 종교는 사람들에게 위로와 힘이 되어주고 삶의 의미를 고민할 때 도움을 줘요. (2문단) 종교는 같은 믿음을 가진 사람들을 연결해 주며, 서로 돕고 위로하는 공동체를 형성하기도 해요. (3문단) 종교는 개인의 삶에 의미와 방향을 제시하고, 사회에 긍정적인 영향을 줘요. 3 종교는 사람들에게 위로를 주고, 사랑과 평등의 가치를 전해 사회를 더 나은 곳으로 만듭니다.

45쪽

1 종교 개혁 2 (1문단) 16세기 초 마르틴 루터는 교회의 잘못을 지적하며 종교 개혁 운동을 일으켰어요. (2문단) 종교 개혁을 통해 프로테스탄트 교회가 생겨났고, 사람들은 새로운 방식으로 신앙을 실천했어요. (3문단) 종교 개혁은 유럽 사회에 큰 변화를 가져오며 신앙의 자유를 이끌었어요. 3 종교 개혁은 교회의 부패를 지적하고 신앙의 자유와 개인적 신앙 실천을 촉진하여 유럽 사회의 문화와 정치에 큰 변화를 일으켰다.

46쪽

1 케이팝 2 (1문단) 케이팝은 한국뿐만 아니라 전 세계에서 사랑받는 음악 장르로 성장했어요. (2문단) 케이팝의 다양한 음악 장르와 화려한 퍼포먼스, 독특한 스타일로 팬층을 확장했어요. (3문단) 케이팝은 전 세계 사람들을 연결하는 문화 교류의 중요한 매개체가 되었어요. 3 케이팝은 한국을 비롯해 전 세계에서 사랑받는 음악 장르로, 한국의 문화와 가치를

세계에 알리는 중요한 역할을 합니다.

47쪽

1 불고기피자 **2** (1문단) 이탈리아의 피자가 한국에 들어오면서 불고기피자가 만들어졌어요. (2문단) 서로 다른 나라가 교류하며 새로운 음식이 탄생하기도 해요. (3문단) 앞으로도 더 많은 나라들이 서로 교류하며 새로운 음식을 만들어 갈 거예요. **3** 불고기피자는 한국과 이탈리아의 음식 문화가 만나 새로운 요리로 탄생한 멋진 문화 교류의 예로, 앞으로도 더 많은 나라들이 서로 교류하며 창의적인 음식을 만들 수 있습니다.

48쪽

1 사막 **2** (1문단) 베두인족은 사막의 기후와 특성을 잘 파악하여 그곳에서 지혜롭게 살아가요. (2문단) 오아시스 덕분에 사막은 문화와 물건이 오가는 중요한 길이 되었어요. (3문단) 현대에는 사막에서 태양광 발전이 이루어지며, 다양한 산업에서 중요한 자원으로 활용되고 있어요. **3** 사막은 척박한 환경에도 불구하고 다양한 산업에서 중요한 자원 환경을 제공하며, 태양광 발전과 같은 현대 기술을 통해 그 활용 범위가 계속 확대되고 있습니다.

49쪽

1 극지방 **2** (1문단) 극지방에 사는 사람들은 자연을 지혜롭게 활용해 극한 환경에 적응하며 살아가요. (2문단) 북극 지방의 이누이트 사람들은 현대 기술을 이용해 더 편리하게 생활해요. (3문단) 최근 과학자들은 극지방의 얼음이 녹는 속도를 측정하며 기후 변화를 연구해요. **3** 극지방의 사람들은 전통적인 생활 방식과 현대 기술을 결합하여 지혜롭게 살아가며, 극지방은 기후 변화 연구와 지구 온도 조절에 중요한 역할을 합니다.

50쪽

1 기후 변화 **2** (1문단) 날씨는 사람들의 삶에 큰 영향을 미치며 일상생활을 변화시킵니다. (2문단) 노르웨이에서는 기후 변화로 지역 경제가 어려워졌어요. (3문단) 기후 변화로 인해 식물과 동물도 기후에 맞춰 사는 방식이 바뀌고 있어요. **3** 기후 변화는 날씨, 경제, 생태계에 큰 변화를 일으켜 사람들의 생활에 영향을 미칩니다.

51쪽

1 북극곰 **2** (1문단) 해빙이 녹아 먹이를 구하기 힘들어진 북극곰이 먹이를 찾기 위해 사람들이 사는 마을로 내려왔어요. (2문단) 기후 변화로 기온이 올라가면서 해빙이 녹아 북극곰이 살아갈 터전이 점점 사라지고 있어요. (3문단) 기후 변화를 막기 위해 에너지를 절약하고 환경을 보호해야 해요. **3** 기후 변화로 인해 해빙이 녹아 북극곰이 마을로 출몰하게 되었으며, 이를 막기 위해 환경을 보호해야 해요.

52쪽

1 자원 **2** (1문단) 자원은 우리 삶에 꼭 필요한 것들이지만 한정적으로 존재해요. (2문단) 자원의 개발과 보존을 위해 기술 혁신과 환경

보호 전략이 필요해요. (3문단) 자원 보존을 위해 개인과 공동체의 노력과 실천이 중요해요. 3 우리 삶에 꼭 필요한 자원의 고갈을 막기 위해 기술 혁신과 환경 보호, 그리고 개인과 공동체의 노력이 필요합니다.

53쪽

1 자원 전쟁 2 (1문단) 나일강 수자원을 둘러싸고 에티오피아와 이집트의 갈등이 격화되었어요. (2문단) 이집트는 댐 건설로 인한 물 부족을 주장하고, 에티오피아는 경제 발전을 필수적이라고 주장했어요. (3문단) 이 갈등은 자원 관리와 지속 가능한 협력의 필요성을 보여 줘요. 3 2023년 에티오피아와 이집트의 갈등은 나일강 수자원을 둘러싸고 발생한 자원 전쟁으로, 지속 가능한 해결책이 필요한 중요한 문제입니다.

54쪽

1 환경 오염 2 (1문단) 많은 도시 국가에서 환경 오염 문제가 심각해졌어요. (2문단) 환경 오염은 사람들의 일상을 무너뜨리고 사회와 경제에 부정적인 영향을 끼쳐요. (3문단) 환경 오염 문제를 해결하기 위해 우리의 실천과 노력이 필요해요. 3 환경 오염은 우리의 건강과 일상생활에 큰 영향을 미치며, 이를 해결하기 위해 노력해야 해요.

55쪽

1 환경 보전 2 (1문단) 환경 보전은 자연과 생태계를 보호하고 오염을 줄이려는 노력을 기울이는 거예요. (2문단) 일본은 '쓰레기 제로'

를 목표로 한 정책을 시행했어요. (3문단) 코스타리카는 국토의 25%를 보호 구역으로 지정하며 여러 나라에 좋은 본보기가 되었어요. 3 전 세계 각국은 환경 보전을 위해 다양한 노력을 기울이며, 이러한 세계 각국의 노력은 환경 보전의 중요성을 일깨워 줍니다.

56쪽

1 정약용 2 (1문단) 정약용은 조선 후기 대표적인 실학자로 수원 화성을 건설할 때 사용된 거중기를 발명했어요. (2문단) 정약용은《목민심서》를 써 조선 사회에 큰 변화를 일으켰어요. (3문단) 정약용은 실용적인 학문과 정책을 통해 조선 사회를 발전시켰어요. 3 정약용은 조선 후기 실학자로 나라를 발전시키고, 백성들을 위해 끊임없이 노력한 위대한 인물이에요.

57쪽

1 안중근 2 (1문단) 안중근 의사는 우리나라 독립을 위해 헌신한 독립운동가예요. (2문단) 안중근 의사는 세계 평화를 위해《동양평화론》을 썼으며 재판에서도 당당히 자신의 신념을 지켰어요. (3문단) 안중근 의사의 희생정신은 오늘날에도 많은 사람에게 울림을 줍니다. 3 안중근 의사는 1909년 이토 히로부미를 저격하며 나라의 독립과 평화를 위해 목숨을 바친 진정한 독립운동가이자 영웅입니다.

58쪽

1 팔만대장경 2 (1문단) 팔만대장경은 고려 시대 침략을 극복하기 위해 만든 불교 경전이

에요. (2문단) 팔만대장경은 오늘날까지도 그 원형이 잘 보존되어 해인사 장경각에 보관되어 있어요. (3문단) 팔만대장경은 고려의 뛰어난 문화와 기술을 보여 주는 귀중한 문화유산이에요. 3 팔만대장경은 고려 시대에 만들어진 불교 경전으로, 전쟁 속에서도 지켜 낸 우리나라의 소중한 문화유산입니다.

59쪽

1 판소리 2 (1문단) 판소리는 소리꾼이 장단에 맞추어 이야기를 노래로 풀어 나가는 민속 음악입니다. (2문단) 판소리는 다양한 감정을 표현하며 우리 조상들의 삶과 지혜를 전해요. (3문단) 판소리는 유네스코 세계무형유산으로 지정된 한국의 자랑스러운 전통문화예요. 3 판소리는 소리와 몸짓으로 이야기를 풀어 나가는 우리나라 민속 음악으로 오늘날에도 많은 사람들이 판소리를 즐기고, 배우며 전통문화를 이어가고 있습니다.

60쪽

1 서희 2 (1문단) 서희는 거란의 침략을 외교를 통해 막아 내며 전쟁을 피했어요. (2문단) 서희는 논리적인 설득과 외교 전략으로 전쟁을 막고 영토를 확장했어요. (3문단) 서희의 외교 담판은 전쟁 없이도 나라를 지킬 수 있다는 외교의 힘을 보여 준 훌륭한 사례예요. 3 서희는 지혜로운 외교 담판을 통해 전쟁을 막고 영토를 확장하며 고려의 평화를 지킨 위대한 외교관입니다.

61쪽

1 핑퐁 외교 2 (1문단) 1971년 열린 탁구 시합을 계기로 적대적이었던 미국과 중국의 관계가 개선되었어요. (2문단) 탁구 선수들의 만남은 두 나라가 대화의 물꼬를 튼 중요한 계기가 되었어요. (3문단) 핑퐁 외교는 국제 외교에서 문화 교류가 얼마나 중요한지 보여 주었어요. 3 1971년 미국과 중국의 탁구 선수들의 만남을 계기로 적대적이었던 두 나라의 관계가 개선되었고, 이를 '핑퐁 외교'라 부릅니다.

62쪽

1 임진왜란 2 (1문단) 임진왜란은 1592년에 일본이 조선을 침략하면서 시작된 전쟁이에요. (2문단) 한산도 대첩에서 이순신 장군이 거북선을 이용해 일본군을 크게 물리쳤어요. (3문단) 임진왜란은 7년 동안 이어졌지만, 조선은 단결력으로 일본의 침략을 막아 냈어요. 3 임진왜란은 1592년 일본의 침략에 맞서 조선의 단결력과 용기로 전쟁을 막아 낸 역사적인 사건입니다.

63쪽

1 사탕 폭격기 2 (1문단) 1948년 소련이 서베를린을 봉쇄하자 서베를린 시민들은 음식과 생필품을 구하기 힘들어졌어요. (2문단) 고립된 서베를린 사람들에게 미국과 영국은 비행기로 물품과 사탕을 떨어뜨려 주었어요. (3문단) 사탕 폭격기는 동독과 서독 사이의 갈등을 완화하는 계기가 되었어요. 3 사탕 폭격기는 고립된 서베를린 시민들에게 공중에서 사

탕과 초콜릿을 떨어뜨린 사건으로 전쟁과 갈등 속에서도 따뜻한 마음과 연대감을 나누는 것이 얼마나 중요한지 보여 주었습니다.

64쪽

1 자유 2 (1문단) 자유는 자신이 원하는 대로 생각하고, 행동하며, 선택할 수 있는 권리예요. (2문단) 자유의 중요성은 역사 속에서도 잘 드러납니다. (3문단) 자유에는 책임이 따르며 서로 존중하며 자유를 누릴 수 있어야 해요. 3 자유는 우리가 스스로 선택하고 행동할 수 있게 해 주는 중요한 가치이며 이를 지키기 위한 노력과 책임이 함께 따릅니다.

65쪽

1 프랑스 혁명 2 (1문단) 1789년 프랑스 시민들은 자유와 평등을 위해 시민 혁명을 일으켰어요. (2문단) 시민들은 혁명을 통해 모든 사람이 평등한 사회를 만들고자 했어요. (3문단) 프랑스 혁명은 오늘날 우리가 누리는 자유와 권리에 큰 영향을 미친 역사적인 사건이에요. 3 프랑스 혁명은 1789년에 자유와 평등을 위해 일어난 시민 혁명으로, 오늘날 우리가 누리는 자유와 권리의 기초를 마련했습니다.

66쪽

1 링컨 2 (1문단) 링컨은 남북 전쟁 중에도 국가를 하나로 만들기 위해 노력했어요. (2문단) 링컨은 '노예 해방 선언'을 발표하며 모든 인간은 평등하다는 신념을 보여 주었어요. (3문단) 링컨의 리더십 덕분에 미국은 전쟁을 끝내고 노예 제도도 폐지되었어요. 3 링컨은 남

북 전쟁 중에도 책임감 있게 나라를 지키고, 노예 제도 폐지를 이룬 미국의 위대한 대통령입니다.

67쪽

1 태안 기름 유출 사고 2 (1문단) 2007년 태안에서 기름 유출 사고가 발생해 바닷가가 오염되었어요. (2문단) 태안 앞바다를 복구하기 위해 수십만 명의 자원봉사자들이 기름을 제거했어요. (3문단) 태안 기름 유출 사고는 환경 보호의 중요성과 책임을 일깨워 줬어요. 3 많은 사람이 힘을 모아 태안 기름 유출 사고를 극복했으며 환경 보호의 중요성과 책임감을 느끼게 해 주었어요.

68쪽

1 간디 2 (1문단) 간디는 비폭력과 평화를 바탕으로 인도 독립을 위한 저항 운동을 펼쳤어요. (2문단) 간디는 소금 행진을 통해 영국의 부당한 통치에 맞서 평화롭게 저항했어요. (3문단) 간디는 비폭력 운동을 통해 인도의 독립을 이끌며 정의를 실현했어요. 3 간디는 비폭력 저항 운동을 통해 인도의 독립을 이끌고, 정의를 실현한 위대한 지도자입니다.

69쪽

1 로자 파크스 2 (1문단) 로자 파크스는 버스에서 백인에게 자리를 양보하라는 요구를 거부하며 인종 차별에 맞섰어요. (2문단) 로자 파크스의 행동은 몽고메리 버스 보이콧 운동으로 이어져 인종 분리 정책이 철폐되었어요. (3문단) 로자 파크스의 용기 있는 행동은 오

늘날 정의를 위해 싸우는 이들에게 큰 영감을 줘요. **3** 로자 파크스는 인종 차별에 맞서 용감하게 저항하며, 정의와 평등을 실현하는 데 큰 영향을 미친 인물입니다.

70쪽

1 슈바이처 **2 (1문단)** 슈바이처는 아프리카에 의료 시설을 세우며 아픈 사람들을 돌보았어요. **(2문단)** 그는 모든 생명체를 존중해야 한다는 사상을 실천하여 노벨 평화상을 받았어요. **(3문단)** 슈바이처의 삶은 오늘날에도 많은 이들에게 본보기가 되었습니다. **3** 슈바이처는 고통받는 사람들을 돕는 방식으로 도덕과 인류애를 실천하며, 그의 헌신과 희생은 많은 이들에게 큰 감동을 주었습니다.

71쪽

1 도덕 **2 (1문단)** 도덕은 서로를 존중하고, 옳고 그름을 구별하여 바르게 행동하는 규범과 가치예요. **(2문단)** 도덕의 중요성은 자연재해 발생 시 자원봉사자들의 헌신에서도 잘 드러나요. **(3문단)** 도덕적인 행동을 실천할 때 더 나은 세상을 만들 수 있어요. **3** 도덕은 서로를 배려하고 옳은 일을 선택하며, 세상을 더 나은 곳으로 만드는 중요한 가치입니다.

76쪽

1 전기 **2 (1문단)** 토머스 에디슨은 전구를 발명했지만, 전구를 밝히는데 필요한 전기를 공급할 수 있는 방법이 필요했어요. **(2문단)** 에디슨과 테슬라는 전기 공급 방식을 두고 치열한 경쟁을 벌였어요. **(3문단)** 테슬라의 교류 전기 방식이 더 효율적이라는 것이 입증되며 오늘날 전기를 안전하게 사용할 수 있게 되었어요. **3** 에디슨과 테슬라는 전기 공급 방식을 둘러싸고 치열하게 경쟁했으며, 테슬라의 교류 전기 방식이 더 효율적이고 안전하다는 것이 입증되어 오늘날 편리하게 전기를 사용할 수 있습니다.

77쪽

1 태양광 패널 **2 (1문단)** 2023년 대한민국은 대체 에너지 기술의 중요한 진전을 이루었어요. **(2문단)** 태양광 패널 설치와 운영에 어려움이 있었지만 꾸준한 연구와 기술 발전으로 안정적인 전기 생산이 가능해졌어요. **(3문단)** 태양광 에너지는 미래의 중요한 대체 에너지로 환경을 보호하는 데 기여할 거예요. **3** 태양광 패널은 환경을 보호하는 중요한 대체 에너지 기술로, 지구 환경을 더욱 깨끗하게 만드는 데 기여할 깃입니다.

78쪽

1 그래핀 **2 (1문단)** 그래핀은 뛰어난 전기 전도성과 강도를 지닌 혁신적인 물질이에요. (2

문단) 그래핀 개발은 어려웠지만, 꾸준한 연구로 대량 생산과 실용화에 성공했어요. (3문단) 그래핀은 미래의 혁신을 이끌 물질로 자리 잡았어요. 3 그래핀은 뛰어난 전기 전도성과 강도를 가진 탄소 물질로, 다양한 분야에 활용되며 혁신적인 변화를 일으켰어요.

79쪽

1 초전도체 2 (1문단) 2020년 일본에서 초전도체를 이용한 자기 부상 열차가 실용화되었어요. (2문단) 초전도체의 온도 유지 문제를 해결한 뒤, 자기 부상 열차는 더 빠르고 효율적으로 작동할 수 있었어요. (3문단) 초전도체 기술은 교통뿐만 아니라 여러 분야에서 활용될 전망이에요. 3 초전도체 기술로 자기 부상 열차가 실용화되었고, 이는 미래의 다양한 분야에서 혁신을 이끌 중요한 기술이에요.

80쪽

1 빛 2 (1문단) 1665년 뉴턴은 햇빛을 유리 프리즘에 비추었을 때 무지개처럼 여러 색깔로 나뉜다는 사실을 발견했어요. (2문단) 그는 빛이 굴절하면서 색이 분리된다는 것을 밝혀냈어요. (3문단) 뉴턴의 발견은 현대 과학과 기술 발전에 큰 영향을 미쳤어요. 3 뉴턴은 빛의 새로운 성질을 밝혀냈고, 덕분에 오늘날 다양한 기술을 개발할 수 있었습니다.

81쪽

1 레이저 2 (1문단) 1960년 시어도어 메이먼이 세계 최초로 레이저를 발명했어요. (2문단) 레이저는 다양한 분야에서 활용되며, 특히 의학 분야에서 큰 역할을 해요. (3문단) 레이저는 우리 일상생활에서도 여러 기술에 활용돼요. 3 레이저는 강력한 빛을 이용해 다양한 분야에서 혁신적인 변화를 가져온 중요한 발명품입니다.

82쪽

1 소리의 파동 2 (1문단) 벨은 소리의 파동을 이용해 전화기를 발명했어요. (2문단) 소리는 매체에 따라 다르게 전달되며, 물속에서는 밀도가 높아 소리가 더 느리게 전달돼요. (3문단) 벨이 소리의 성질을 이해한 덕분에 소리와 관련된 다양한 발명품이 나올 수 있었어요. 3 소리의 파동을 이해한 벨은 전화기를 발명했고, 이는 사람들의 소통 방식을 혁신적으로 바꾸었어요.

83쪽

1 초음파 2 (1문단) 초음파는 사람이 들을 수 없는 아주 높은 주파수의 소리를 이용해 몸속의 장기나 조직을 들여다볼 수 있게 해 줬어요. (2문단) 초음파 기술은 꾸준한 발전을 통해 매우 정밀한 의료 기기로 발전했어요. (3문단) 초음파는 의료뿐만 아니라 산업 현장에서도 중요한 역할을 해요. 3 초음파는 아주 높은 주파수의 소리를 이용해 다양한 분야에서 효율적으로 활용할 수 있게 도와줍니다.

84쪽

1 우주여행 2 (1문단) 2021년 세계 최초의 민간 우주여행이 성공적으로 이루어졌어요. (2문단) 여러 번의 도전 끝에 스페이스X는 우주

선 재사용 기술을 개발하는 데 성공했어요. (3문단) 민간 우주여행의 성공으로 앞으로 더 많은 사람들이 우주를 여행할 수 있게 될 거예요. **3** 2021년 스페이스X가 만든 로켓이 세계 최초 민간 우주여행을 성공하면서 우주 관광 시대가 열렸습니다.

85쪽

1 퍼서비어런스 **2** (1문단) 2021년 나사의 퍼서비어런스라는 화성 탐사선은 성공적으로 화성에 착륙했어요. (2문단) 퍼서비어런스는 고도의 기술과 철저한 준비 끝에 인제뉴이티와 함께 화성을 탐사했어요. (3문단) 퍼서비어런스의 성공은 인류가 화성에 한 발짝 더 가까이 다가가는 계기가 되었어요. **3** 나사의 퍼서비어런스가 화성에 성공적으로 착륙하며 화성 탐사의 새로운 장을 열었습니다.

86쪽

1 스푸트니크 1호 **2** (1문단) 1957년 소련은 최초의 인공위성 스푸트니크 1호를 발사하여 우주 통신을 시작했어요. (2문단) 스푸트니크 1호는 우주와 지구 간 신호 전송이 가능하다는 것을 증명했어요. (3문단) 스푸트니크 1호는 현대 통신 기술 발전에 기여했어요. **3** 스푸트니크 1호는 최초의 인공위성으로, 우주와 지구 간 통신을 가능하게 하여 현대 통신 기술에 기여했습니다.

87쪽

1 양자 통신 **2** (1문단) 양자 통신은 광자를 이용하여 안전하게 데이터를 주고받을 수 있는 통신 기술이에요. (2문단) 양자 통신 기술은 보안이 중요한 분야에 큰 변화를 가져왔어요. (3문단) 양자 통신은 정보를 완벽하게 보호할 수 있는 미래형 통신 기술로 주목받고 있어요. **3** 양자 통신은 해킹을 막을 수 있는 강력한 기술로 정보 보안의 새로운 시대를 열었다.

88쪽

1 자율 주행 자동차 **2** (1문단) 2021년 인공 지능을 탑재한 자율 주행 자동차가 도로에서 성공적으로 운행되었어요. (2문단) 자율 주행 자동차는 인공 지능이 수많은 교통 데이터를 분석해 다양한 교통 상황에서도 안전하게 대처할 수 있어요. (3문단) 인공 지능이 더 발전하면 자율 주행 자동차는 더 효율적으로 운행할 수 있을 거예요. **3** 자율 주행 자동차는 인공 지능을 이용해 안전하고 편리하게 운행하며 교통 시스템의 혁신을 이끌 거예요.

89쪽

1 생성형 인공 지능 **2** (1문단) 생성형 인공 지능은 사람들이 원하는 내용을 입력하면 그림이나 이야기를 만들 수 있어요. (2문단) 누구나 쉽게 생성형 인공 지능을 활용하면서 문제점이 생겼어요. (3문단) 생성형 인공 지능을 올바르게 사용하기 위한 제도적 장치와 기술적인 보완이 필요합니다. **3** 생성형 인공 지능은 다양한 창작 분야에서 유용하게 활용되지만, 문제점을 해결하기 위해 제도적, 기술적 보완이 필요합니다.

90쪽

1 종이 **2** (1문단) 종이는 가볍고 생산과 보관이 용이하여 지식을 더 많은 사람들에게 전할 수 있어요. (2문단) 전 세계로 퍼진 종이는 인쇄술의 발전과 함께 과학과 예술의 진보를 이끌었어요. (3문단) 종이는 지식과 문화를 기록하는 중요한 도구로 인류 문명의 발전을 이끌었어요. **3** 종이의 발명은 지식을 기록하고 전달할 수 있게 해 주었으며 인류 문명 발전에 크게 기여했습니다.

91쪽

1 바퀴 **2** (1문단) 바퀴의 발명으로 물건을 더 쉽게 운반할 수 있게 되었어요. (2문단) 바퀴의 발명은 무역과 먼 곳과의 교류를 활발하게 만들었고, 이동 수단의 기초가 되었어요. (3문단) 바퀴는 인류 문명을 크게 발전시킨 중요한 발명품이었어요. **3** 바퀴의 발명은 인류 문명의 혁명적인 변화를 가져왔습니다.

92쪽

1 수술 로봇 **2** (1문단) 2000년 미국의 한 병원에서 수술 로봇을 이용한 수술이 성공적으로 이루어졌어요. (2문단) 수술 로봇은 확대경과 미세한 도구를 사용해 수술을 진행했어요. (3문단) 수술 로봇의 성공은 의학 기술의 변화를 예고했어요. **3** 수술 로봇은 정밀하고 안정적인 기술로 의료진과 협력해 의학 기술의 발전을 이끌 거예요.

93쪽

1 로봇 **2** (1문단) 1990년대 이후 수많은 로봇이 협력하여 자동차를 생산했어요. (2문단) 로봇은 인공 지능으로 실시간으로 문제를 해결하며 작업을 진행해요. (3문단) 로봇은 여러 산업에서 위험한 일도 안전하게 처리하며 중요한 역할을 해요. **3** 로봇은 인공 지능을 활용해 산업 현장에서 다양한 작업을 수행하며 안전하고 효율적인 환경을 만들었습니다.

94쪽

1 디지털 기술 **2** (1문단) 코로나19 이후 디지털 기술 덕분에 여러 방면에서 편리함을 경험할 수 있었어요. (2문단) 디지털 기술의 급격한 확산은 새로운 문제들도 불러일으켰어요. (3문단) 디지털 기술의 장점을 유지하면서, 그로 인한 부작용을 최소화할 방법을 찾아야 해요. **3** 디지털 기술은 여러 방면에서 편리함을 제공하지만, 디지털 기술의 부작용을 최소화하기 위한 노력이 필요합니다.

95쪽

1 블록체인 **2** (1문단) 2017년 한 게임 회사에서 데이터 변조 문제를 해결하기 위해 블록체인 기술을 도입했어요. (2문단) 블록체인 기술은 데이터를 여러 서버에 분산 저장하는 방식으로 해킹이나 데이터 변조의 위험이 크게 줄어들어요. (3문단) 블록체인 덕분에 사람들은 더 안전하게 거래하고 정보를 주고받을 수 있어요. **3** 블록체인은 데이터를 안전하게 저장하고 거래의 신뢰성을 높여 다양한 분야에서 활용될 거예요.

96쪽

1 확률 2 (1문단) 확률은 어떤 일이 일어날 가능성을 수치로 표현한 것이에요. (2문단) 날씨 예보를 통해 확률이 실제로 어떻게 작용하는지 이해할 수 있어요. (3문단) 확률은 일상생활에서 다양하게 활용됩니다. 3 확률은 어떤 일이 일어날 가능성을 수치로 표현한 것으로, 일상생활 속에서 다양한 예측을 가능하게 합니다.

97쪽

1 가위바위보 2 (1문단) 가위바위보는 이길 확률이 33.3%인 게임이지만 상대의 패턴을 파악하면 확률이 달라질 수 있어요. (2문단) 확률은 고정된 것이 아니라, 상황과 상대방의 행동에 따라 변할 수 있어요. (3문단) 확률은 게임뿐만 아니라 여러 상황에서 활용될 수 있어요. 3 가위바위보 게임에서 상대방의 패턴을 분석하면 이길 확률을 높일 수 있습니다.

98쪽

1 도형의 원리 2 (1문단) 피라미드는 삼각형 구조 덕분에 오랜 시간 동안 무너지지 않고 형태를 유지할 수 있었어요. (2문단) 로마 시대 콜로세움은 원형 구조의 원리를 활용해 큰 경기장을 효율적으로 사용했어요. (3문단) 역사 속에서 다양한 도형의 원리는 중요한 역할을 했어요. 3 다양한 도형의 원리를 활용한 건축물들은 인류 문명을 발전시키는 데 큰 도움이 되었습니다.

99쪽

1 육각형 2 (1문단) 육각형은 공간을 가장 효율적으로 나눌 수 있는 도형으로 벌집의 육각형은 최대한 많은 벌이 꿀을 저장할 수 있게 도와줘요. (2문단) 축구공의 육각형은 강한 힘을 견디고, 안정성을 유지하게 해요. (3문단) 육각형은 자연에서부터 인공적인 기술에 이르기까지 여러 분야에서 중요한 역할을 해요. 3 육각형은 벌집과 축구공 등 자연과 인공 구조에서 효율성과 안정성을 제공하며, 육각형의 원리를 잘 이해하면 더 많은 과학적 성과를 기대할 수 있을 것입니다.

100쪽

1 측정 2 (1문단) 1960년대 달 탐사를 계획하며 달의 중력을 정확하게 측정해야 했어요. (2문단) 18세기 해상 시계를 발명하며 항해 중에도 시간을 정확하게 측정할 수 있었어요. (3문단) 측정 기술은 과학 발전에 매우 중요한 역할을 해요. 3 정확한 측정은 과학과 탐험에서 필수적인 역할을 하며, 측정 기술은 미래 과학을 이끄는 중요한 원동력이 될 것입니다.

101쪽

1 측정 오류 2 (1문단) 1999년 측정 오류로 인해 화성 탐사선이 대기권에서 불타 버렸어요. (2문단) 작은 측정 오류가 예상하지 못한 결과를 불러올 수 있다는 것을 보여 줬어요. (3문단) 과학자들은 측정의 중요성을 깨달았어요. 3 나사의 화성 탐사선은 측정 오류로 인해 큰 실패를 겪었고, 이는 작은 실수가 큰

결과를 초래할 수 있다는 교훈을 남겼어요.

102쪽

1 통계 2 (1문단) 1854년 존 스노우는 통계를 이용해 전염병의 원인을 추적했어요. (2문단) 존 스노우는 정보를 체계적으로 분석해 특정 우물이 콜레라의 원인이라는 것을 알아냈어요. (3문단) 이 사건은 통계가 문제를 해결하는 데 중요한 역할을 한다는 것을 증명했어요. 3 존 스노우는 통계를 사용해 콜레라의 원인을 밝혀내어 통계의 중요성을 보여 줬어요.

103쪽

1 식습관 2 (1문단) 청소년기의 식습관은 성장과 건강에 큰 영향을 미칩니다. (2문단) 통계에 따르면 청소년 다수가 건강한 식습관을 갖기 어렵다는 것을 알 수 있어요. (3문단) 식습관 통계는 청소년기 식습관을 파악하고 개선하는 데 중요한 역할을 해요. 3 식습관은 청소년기 건강에 중요한 영향을 미치며, 식습관 통계를 통해 문제점을 파악하고 개선할 수 있습니다.

104쪽

1 사고력 2 (1문단) 뉴턴은 사과가 떨어지는 모습을 통해 중력이라는 과학 법칙을 발견했어요. (2문단) 사고력은 문제를 해결하기 위해 필요한 능력으로, 과학 발전에 큰 영향을 미쳤어요. (3문단) 뉴턴의 사례는 사고력의 중요성을 보여 줍니다. 3 사고력은 문제를 해결하고 세상을 이해하는 중요한 능력으로 뉴턴이 중력의 법칙을 발견하는 데 큰 도움이 되었습

니다.

105쪽

1 연역적 사고 2 (1문단) 소크라테스는 '모든 사람은 죽는다'라는 명제를 제시하고 자신도 죽는다는 결론을 이끌어 냈어요. (2문단) 연역적 사고는 명확한 사실이나 원리를 바탕으로 논리적인 결론을 이끌어 내는 방법이에요. (3문단) 연역적 사고는 일상생활에서 논리적인 결론을 내릴 때 매우 유용해요. 3 연역적 사고는 일반적인 원리를 바탕으로 논리적이고 확실한 결론을 도출하는 사고방식입니다.

106쪽

1 추론 2 (1문단) 연쇄 절도 사건이 발생하자 탐정은 작은 단서들을 토대로 경위를 추론해 나갔어요. (2문단) 탐정은 다양한 단서를 분석해 범인을 특정했어요. (3문단) 추론은 작은 단서들을 모아 큰 결론에 이르는 사고 과정으로 일상생활에서도 자주 사용됩니다. 3 추론은 작은 정보들을 바탕으로 문제를 해결하고 결론을 이끌어 내는 중요한 사고 과정입니다.

107쪽

1 과학적 증명 2 (1문단) 파스퇴르는 실험을 통해 미생물이 질병의 원인이라는 것을 증명했어요. (2문단) 파스퇴르는 명확한 실험과 관찰을 통해 과학적 증명의 과정을 보여 줬어요. (3문단) 파스퇴르의 실험은 세균설을 확립하는 데에 큰 영향을 주었어요. 3 파스퇴르는 실험을 통해 미생물이 질병의 원인임을 과학적으로 증명하여 세균설을 확립하고, 위생과

살균의 중요성을 알리며 질병 예방에 큰 기여를 했습니다.

108쪽

1 분석 2 (1문단) 알렉산더 플레밍은 실험 중에 곰팡이가 세균을 죽이는 물질을 분비한다는 사실을 발견했어요. (2문단) 플레밍은 세균과 곰팡이의 상호 작용을 철저하게 분석해 이를 바탕으로 페니실린을 개발했어요. (3문단) 분석은 일상에서 문제를 깊이 이해하고 더 나은 해결책을 찾는 데 중요한 역할을 해요. 3 플레밍은 분석을 통해 세균과 곰팡이의 상호 작용을 분석하여 페니실린을 개발했으며, 이처럼 분석은 문제의 해결책을 찾는 데 중요한 역할을 합니다.

109쪽

1 암호 2 (1문단) 제2차 세계 대전 당시 영국의 앨런 튜링은 독일군의 암호를 해독하기 위해 암호 해독기를 발명했어요. (2문단) 튜링은 암호의 규칙을 체계적으로 분석해 암호를 해독했어요. (3문단) 암호는 정보를 보호하는 데 사용되며, 일상에서도 다양한 방식으로 활용돼요. 3 암호는 정보를 보호하는 데 사용하며, 앨런 튜링은 제2차 세계 대전 중 독일군의 암호를 해독했습니다.

110쪽

1 알고리즘 2 (1문단) 배송 회사는 배송지의 효율적인 경로를 찾기 위해 알고리즘을 이용한 시스템을 만들었어요. (2문단) 알고리즘은 데이터를 분석해 최적의 경로를 찾아내는 데 유용해요. (3문단) 알고리즘은 일상생활에서도 문제를 쉽게 해결하는 데 사용돼요. 3 알고리즘은 문제를 해결하기 위해 정해진 규칙에 따라 순서대로 처리하는 방법으로 일상생활에서의 복잡한 문제를 빠르고 정확하게 해결하는 데 유용하게 사용됩니다.

111쪽

1 SNS 2 (1문단) SNS는 알고리즘을 이용해 사용자에게 맞춤형 게시물을 추천하지만 때로는 부작용을 일으키기도 해요. (2문단) SNS 알고리즘은 사용자가 좋아할 만한 게시물을 계속 노출해 시간을 낭비하게 만들기도 해요. (3문단) SNS의 부작용을 줄이기 위해서는 스스로 사용 시간을 조절하는 것이 중요해요. 3 SNS 알고리즘은 사용자에게 맞춤형 콘텐츠를 제공하지만, 과도하게 사용하면 불필요한 소비와 시간 낭비를 초래할 수 있어 사용자의 자율적인 조절이 필요합니다.

112쪽

1 생태계 2 (1문단) 어느 마을에서 호수 주변의 나무가 잘려 나가 곤충이 줄어들면서 곤충을 먹이로 삼는 물고기들도 사라졌어요. (2문단) 생태계는 생물들이 서로 영향을 주고받으며 작은 변화도 생태계 전체에 큰 영향을 미쳐요. (3문단) 생태계의 균형은 우리 삶에 큰 영향을 미쳐요. 3 생태계는 생물들이 서로 영향을 주고받는 환경으로, 생태계가 건강해야 우리도 건강하게 살아갈 수 있습니다.

113쪽

1 생태계 복원 2 (1문단) 서울시는 한강 생태계를 복원해 멸종 위기 동물들을 다시 불러왔어요. (2문단) 생태계를 복원하기 위해서는 토양 분석, 수질 개선, 서식지 마련 등의 작업이 필요해요. (3문단) 생태계 복원은 사람들에게도 긍정적인 영향을 미쳤어요. 3 서울의 한강에서 생태계 복원 작업이 이루어져 멸종 위기 동물들이 돌아왔고, 자연과 사람이 공존하는 지속 가능한 생태계를 위해 꾸준히 관리될 예정입니다.

114쪽

1 진화 2 (1문단) 1억 년 전 환경 변화로 거대한 물고기들이 작고 빠르게 진화했어요. (2문단) 기후가 변하면서 육지 동물들이 날렵해졌어요. (3문단) 동식물은 진화를 통해 환경에 적응하며 변화했어요. 3 진화는 생물이 환경에 적응하며 오랜 세월에 걸쳐 모습을 변화하는 과정으로, 생명체들의 진화는 현재에도 진행 중입니다.

115쪽

1 환경 적응 2 (1문단) 대추야자는 깊은 뿌리와 두꺼운 잎으로 극한 환경에 적응해 살아남았어요. (2문단) 많은 생물들은 주변 환경에 맞게 몸이나 행동을 변화시키며 살아가요. (3문단) 환경에 잘 적응하는 능력은 생명체가 계속해서 살아남을 수 있게 해요. 3 환경 적응은 생물들이 변화하는 환경에 맞춰 몸과 행동을 변화시키며 생존하는 과정이에요.

116쪽

1 생식 2 (1문단) 생명체가 새로운 생명을 만들어 내어 종을 이어가는 과정을 생식이라고 해요. (2문단) 생명체는 생식을 통해 자신의 유전자를 다음 세대에 전달하며 종을 이어가요. (3문단) 생식은 생물 다양성을 유지하고 자연 생태계를 건강하게 만드는 중요한 과정이에요. 3 생식은 새로운 생명을 만들어 내어 종을 이어가고, 자연의 순환과 생태계의 건강을 유지하는 중요한 과정입니다.

117쪽

1 유전자 기술 2 (1문단) 유전자 기술을 통해 사과나무는 병에 강한 특성을 가지게 되었어요. (2문단) 유전자 기술은 사람의 질병을 예방하거나 치료하는 데도 사용돼요. (3문단) 유전자 기술은 생물들이 환경에 적응하고 더 나은 삶을 살 수 있도록 도와줍니다. 3 유전자 기술은 유전자를 조작해 생물들이 환경에 적응하고 더 건강하게 자랄 수 있도록 돕습니다.

118쪽

1 생물 다양성 2 (1문단) 열대 우림의 개미들은 숲의 생태계를 유지하며 생명체들의 공존을 도왔어요. (2문단) 생물 다양성은 자연의 균형을 유지하는 데 중요한 역할을 해요. (3문단) 생물 다양성은 인간의 삶에도 영향을 미치며, 다양한 생물들이 함께 살아가도록 노력해야 해요. 3 생물 다양성은 다양한 생명체들이 자연의 균형을 유지하고, 우리의 삶을 풍요롭게 만드는 중요한 요소입니다.

119쪽

1 야생 동물 보호 2 (1문단) 아프리카의 코끼리들은 불법 사냥으로 인해 목숨이 위험했고, 환경 보호 단체는 드론을 이용해 밀렵꾼으로부터 코끼리를 지켰어요. (2문단) 야생 동물들은 서식지 파괴와 불법 사냥으로 위협받고 있으며, 야생 동물의 멸종은 생태계에 큰 영향을 미칠 수 있어요. (3문단) 국제 환경 보호 단체들은 보호 구역을 만들고 환경을 복원하며 야생 동물 보호의 중요성을 알리고, 생물다양성을 보호하는 데 중요한 역할을 합니다. 3 국제 환경 보호 단체들은 야생 동물 보호를 위해 밀렵꾼들을 감시하고, 보호 구역을 만들며 서식지를 복원하는 등 야생 동물들의 생존을 돕고, 생물 다양성을 지키기 위한 다양한 노력을 기울입니다.

120쪽

1 기후 2 (1문단) 사막의 기후는 낮과 밤의 기온 차가 크고 극단적인 날씨가 특징이에요. (2문단) 남극은 강한 바람과 영하 60도의 기온으로 생명체가 살기 어려워요. (3문단) 세계의 기후는 지역마다 고유한 특징을 가지며, 기후의 다양성이 지구 생태계를 풍부하고 신비롭게 만듭니다. 3 기후는 일정한 지역에서 오랜 시간 동안 나타난 평균적인 날씨 상태로, 각기 다른 기후는 다양한 환경과 생활 방식을 만들어 냅니다.

121쪽

1 기후 변화 2 (1문단) 2023년 유럽에서 여름에 눈이 내리는 이상 기후가 발생했는데 이는 기후 변화로 인한 현상이에요. (2문단) 기후 변화는 온실가스 증가로 발생하며, 농작물과 생태계에 큰 영향을 미쳐요. (3문단) 기후 변화를 막기 위해 화석 연료를 줄이고 재생 에너지를 사용하는 노력이 필요해요. 3 기후 변화는 지구의 기온과 날씨 상태가 변하는 현상으로, 지속 가능한 삶을 추구하기 위해 노력이 필요합니다.

122쪽

1 자연재해 2 (1문단) 인도네시아에서 발생한 지진과 쓰나미는 자연재해를 예측하기 어렵다는 것을 보여 주었어요. (2문단) 자연재해로 인한 피해를 줄이기 위해 다양한 기술을 사용하여 대비하려 노력합니다. (3문단) 더 많은 연구와 발전된 기술을 통해 자연재해 피해를 최소화할 수 있어요. 3 2018년 인도네시아의 대규모 지진과 쓰나미는 자연재해의 피해 상황을 보여 주며, 자연재해를 예측하기는 어렵지만 발전된 기술을 통해 피해를 줄일 수 있을 것입니다.

123쪽

1 산불 2 (1문단) 2019년 브라질에서 발생한 아마존 산불로 인해 많은 나무와 동물이 서식지를 잃었어요. (2문단) 아마존에서 발생한 산불로 환경을 보호하는 게 얼마나 중요한지 다시 한번 깨닫는 계기가 되었어요. (3문단) 산불 예방과 자연 보호를 위해 지속 가능한 관리가 필요해요. 3 2019년 브라질 아마존에서 발생한 대규모 산불은 인간의 활동이 자연에 미치는 파괴적인 영향을 보여 주었고, 환경

보호와 지속 가능한 자원 관리의 중요성을 일깨워주었습니다.

124쪽
1 물 부족 **2** (1문단) 2022년 케냐에서 가뭄으로 물 부족이 심각해져 주민들은 하루 종일 물을 구하러 다녀야 했어요. (2문단) 산업 발달과 무분별한 물 사용, 오염으로 인해 물 부족 문제가 심각해졌어요. (3문단) 물 부족 문제를 해결하기 위해서 개개인의 작은 실천도 중요해요. **3** 산업과 농업의 무분별한 자원 사용과 오염으로 인해 물 부족 문제가 발생하며, 이를 해결하기 위해서는 기술 개발과 물의 재활용, 개인적인 실천이 중요합니다.

125쪽
1 자원 재활용 **2** (1문단) 한국의 작은 마을에서 플라스틱병을 재활용해 집을 짓는 벽돌을 만들었어요. (2문단) 재활용은 쓰레기를 줄이고 새로운 자원을 만드는 중요한 방법이에요. (3문단) 발전된 재활용 기술 덕분에 자원 낭비를 줄일 수 있어요. **3** 자원 재활용은 쓰레기를 다시 활용해 자원 낭비를 줄이고 환경을 보호하는 중요한 방법입니다.

126쪽
1 친환경 **2** (1문단) 학생들은 제로 웨이스트 캠페인으로 쓰레기를 줄였어요. (2문단) 에너지를 절약하고 재생 가능한 자원을 사용하는 것도 친환경 활동이에요. (3문단) 친환경 기술 발전으로 더 많은 사람이 환경을 보호할 수 있어요. **3** 오늘날 친환경 기술은 빠르게 발전했으며, 작은 실천을 통해 우리 모두 환경을 보호할 수 있습니다.

127쪽
1 대기와 토양 보호 **2** (1문단) 대기와 토양을 보호하기 위해 어느 마을에서 친환경 운동을 실천했어요. (2문단) 우리의 건강과 식품의 질을 지키기 위해 대기와 토양을 보호해야 해요. (3문단) 대기와 토양을 보호하기 위한 기술 발전과 실천이 큰 변화를 만들 수 있어요. **3** 대기와 토양을 보호하기 위해 개인의 작은 실천과 기업의 윤리적인 실천이 필요합니다.

사회 분야 어휘 퀴즈 정답
1 시민 단체 **2** 유대감 **3** 구성원 **4** 분배 **5** 결속력 **6** 폭격 **7** 잔혹함 **8** 언어학 **9** 발음 기관 **10** 원동력 **11** 무역로 **12** 결전 **13** 탄소 중립 **14** 봉쇄 **15** 실학 **16** 침략 **17** 권력 **18** 저항 **19** 박애 **20** 억압

과학 분야 어휘 퀴즈 정답
1 전류 **2** 대체 에너지 **3** 탐사 **4** 굴절 **5** 주파수 **6** 블록체인 **7** 중력 **8** 탐사선 **9** 단서 **10** 미생물 **11** 검증 **12** 항생제 **13** 해독 **14** 생물 다양성 **15** 극한 **16** 폭염 **17** 폭설 **18** 대기 **19** 토양 **20** 친환경 농법